Chinese Poetry

2018 • 4

Chinese 汉诗 Poetry

我的身体里住着柔软的动物

主编 张执浩

長江出版傳媒 | 长江文艺出版社

编者的话

一个显而易见的事实是，真正优秀的诗人都在尽力摈除“诗歌腔”——将那些自以为是诗的东西从文本中清理出去，将那些原以为无法入诗的东西尽可能地纳入进来——这样的工作是危险而又充满诱惑力的，但惟其如此，诗歌写作才是一项真正具有创造性的工作。在我看来，每一位写作者都或多或少地自带着这样一副腔调，因为它的存在可以让人感觉踏实，这种审美的惯性在很多人身上会持续一生，而对于另外一些警醒的诗人而言，他将不停地反抗自我，以期实现对自我的重塑。

相较于其他艺术门类而言，诗歌的独特性首先体现在，这项工作真正专注的是对诗人形象的塑造。即，诗人通过持续不断的写作，最终完成对诗人个体形象的塑造。独特，清晰，历历在目。按照废名的说法，“你是诗人你便可以写诗……但你如不是诗人，你也便休想做诗！”这样的论断尽管有些刺耳，会让人感觉不适，但或多或少地逼近了诗歌存在的本质。成为一个诗人意味着，你必须永远忠实于“语言囚徒”的身份，但又要不断地成为一个“越狱者”，对“诗歌腔”的剔除，或许是我们完成越狱的重要一步。

写作的真相在于，从来就不存在所谓“安全”的写作，只是因为懒惰，因为勇气的丧失，才造成了我们面容的模糊。

Open Page

开卷诗人

Selection

诗选本

Poets Geography

诗歌地理

Narrate

叙事

Whereabouts: Travel in Sanjin

行走 · 三晋之旅

HUOJUNMING's Column

霍俊明专栏

本期图片由林东林摄

Chinese 汉诗 Poetry

开卷

Open Page

诗人

亦 来 作品

余 真 作品

亦来

YI LAI

作品

推荐语

在湖北为数众多的现代诗人群体中，亦来向来就是一个具有较高辨识度的诗人。他的作品尽管量不算太大，但质量整齐，语言风格鲜明。这组充满雪意的近作是亦来旅美做访问学者期间完成的力作，在保持了他一以贯之的匀称庄重的美学基调上，进一步注入了冷峻空灵的气质，有哲思，亦有谐趣，有静默，也有雄辩。这是一位值得信任的诗人，因为他总能给读者带来额外的惊喜。

（张执浩）

亦来的诗温和，缠绵，娓娓道来中又不乏铁骑突出的峥嵘。这是对语言的谨慎，也是对诗的另外一种态度。作为诗人，写到耐心和沉默的地步，大多已经抵达了优秀。但我觉得亦来可能还不仅仅于此，细心考察他的作品，我总是能在百转千回的推进之中，发现他的某些奇思妙想——无穷小堆成无穷大。我把这样的思考，理解成他对语言和自我的审视，或许只有在这样的审视中，才能真正地体验到，超越趣味和身份的更高的写作。

十八年前，我们一起游历川中，寻诗访友。那时候的亦来，还醉心于神思与冥想，我们彻夜长谈，酩酊大醉，如今想来，就像一场"精确的雪"，落在他身上的，和落在我身上的，其实是同一场雪。

（小引）

对亦来诗歌的印象停留在以前的阅读中，感觉像是连发的机枪手，节奏快而密集。这次发现他变了，整体都变得慢了下来。而更为舒缓的节奏，让读者容易体察作者在语义上所做的穷尽可能的努力。也许就像他诗里写的"从此以后，要逐渐放弃口述。/要写下而不是说出命运。/要绕到纸的背面去，辟出空地"。从作者的这些文字里，不难看出亦来对词语娴熟的掌控，可以让他在这方面得心应手。而对亦来作品阅读中的体验，就像那句歌词"旋转跳跃，我不停歇"，让有耐心的阅读者，跟随着他的节奏，被他带进他所营造的文字幻境中。

（艾先）

第一场雪的观察

落在橡树上的雪，和落在松树上的雪
是同一阵雪。

落在地面上的雪
抱着橡树的腿，也抱着松树的腿。

落在地面上的雪，吃橡果
也吃从松枝上射来的针。

还在空中的雪，还可以挑选落脚之处
钻进石头缝，或踮立在窗沿照镜子。

它还可以犹豫，借着风往回走，
这一刻，它还是一颗最小的自旋星球。

而如果在铁轨上铺开，就会像
肉案上的肋骨，赞美更冷的刀锋。

落入站台的雪，练就了耐心。
落入列车的雪，学会了奔跑与呼啸。

落入水的雪变成水，落入冰的雪变成冰
落入沉默的雪，加入沉默的合唱。

落入清晨的雪是蓝雪。
跌入黄昏的雪是深灰的尘埃。

第二场雪是精确的雪

从十二时到六时的雪，将身长
控制在一把尺子允许的刻度。

所有的质点沿着垂线降落，
在平面或斜面，无穷小堆成无穷大。

仿佛穿过黑暗区间的无数个零，
在落地的一瞬变成最大的自然数。

所有的树，都是它的约数。
万家灯火，在灯火矩阵中温习朴素加法。

一定有一条直线将它一分为二，
让它在对称中循环，在循环中对称。

它在钟摆的射影中运动，无限
趋近静止的运动，六边花瓣的呼吸。

一定有一种透视图探入它的凸面，
在它的玲珑中找到剔透的悬轴，

直到它的偶然性在一束光里融化，
未知数插上火焰扇形的翅膀。

一定有唯一的完美公式来描述它。
在另外的坐标中，我们称之为命运。

等待的雪与错过的雪

来自佛罗里达的客机，降落在
银河里一串贝壳的正下方。

跑道两侧的雪，堆起白沙滩
迎候从机舱里飞出的海鸥。

它们的羽毛里还有涌动的潮汐。
还有一排排棕榈，从南方前往北方跳伞。

柔软的雪，有弹性的缓冲垫子，
托着你的脚，托着一直往下沉的桅杆。

在它的清冷里有太容易忽视的善良。
这就是它的热情：目送你离开，

独自在愤怒的风暴中出神，独自在
冰凌的阴影下给热带写信，

但从不寄出。我错过了第三场雪？
我错过了第四场雪？第五场雪？……

所有错过的雪，组成第三场雪。
所有错过的信，拆开都有美丽的名字。

夜空，月亮的螺旋桨翻卷云朵。
一场新雪，升腾在群星连缀成的航线上。

雪暴

号角，从午夜一直吹到天亮。此刻
激战正酣，此刻天空正疯狂投下伞兵。

他们已经不需要在掩体里潜伏起来，
他们早已粉身碎骨。他们是曾经

走到冥河边濯洗过脚踵的敢死队，
一手握着尖矛，一手攥着不着一字的遗书。

一边进攻，一边清理战场。
火山吐完灰烬，变成肃穆的风景。

跃出壕沟的雪，微型的大理石雕像
站立在河流切割出的棋盘里。

他们控制了所有的直线，所有的斜线，
把假想敌扫进冰窟般的棋篓。

浩浩荡荡的缟素之师：道路上
挤满了白车白马，一脸冰霜的禁卫军；

而一身白袍的教士在风中传播福音，
爱打扮的皇后，抚摸一面最辽阔的银镜。

只有一个黑衣老人在雪暴中铲雪。
这被罢黜的国王，从遗忘中抢救史诗。

贝壳与雪的对话

从清水湾捡来的贝壳搁在窗台上。
窗子外面，一簇新雪，抱团生冷。

这边，空气如海水，冲刷灯塔的防风帽；
那边，枯叶像被冰困在北方港口的船。

透过玻璃，它们就能看到对方的脸：
皱纹刻在贝壳的颊上，雪垂下严峻的眼袋。

贝壳说："我身体里曾住着一只
柔软的动物。"是啊，触碰过去是美好的。

雪说："如果用心看，我的毛孔
还在开花。"是啊，现在绽放还来得及。

贝壳说："星星曾坠入我怀里，
它向我描述过纵身一跳的眩晕瞬间。"

雪说：“看那些翻卷的乌云，你可以
想象躲不过去的浪，随后会有清静。”

贝壳于是照照镜子：向外探的百合。
雪偎过来，拢了拢毛茸茸的翅膀。

这一幕，多么像盐和勺子在一起，
多么像耳朵，和轰鸣的白纸并肩歌唱。

在西半球看东半球的雪

那些该来的，还是会不经意地来。
有时候等待，只是想看那些终将逝去的

如何从手背上滑走。盼望中的雪
下了，只是落在别处。喜悦亲近了两秒钟，

但一碰就融化了。蓝色天空不喜悦，
也不悲伤，这是宇宙永恒的原因。

有时候远方的雪比近旁的雪更真切：
落在玫瑰和水仙的唇彩上，落在故居前

梅花的红晕之中。我从没有想过
擦上雪的粉底，植物的脸谱如此妩媚：

插着花旗的花旦伸腿踢开花枪，
水晶宫里的青衣，从嗓门里吊起银铃。

最后的声线，挑起帘子飞入后台。
巨大的孤独直直立起来——

我是说眼前这些北方的冬树，
叶子被候鸟寄给了南方流浪的歌手。

我是说从东至西爬来的崇山峻岭，
以及沿纬线向雪国驰去的寒潮列车。

飞雪夜舞

风中飞雪，是天生的舞者。
它们的脚，刚好塞进一只迷你水晶鞋。

没有光，就跳萤火虫之舞。
没有音乐，就从寂静中踢出节拍。

或许并不知道因何而跳，为谁而跳
可歇下来，就可能变成一堆白骨。

看哪，它们柔弱的身躯始终在旋转，
好像真的存在一个确定的圆心，

好像那才是从虚无中创造出的唯一，
而一袭素白，只是谢幕后就要退还的裙子。

看哪，无数的白天鹅，衔着芦苇。
挑起的脚尖逼向夜的深潭，那黑天鹅的阴谋。

跨过黑暗，有时只要破晓前的一个腾跃，
有时却要耗尽芳华，青丝换雪。

而广阔大地正在接纳坠落的舞者，
扶直她们的腰，在弹腿跳中迅速转身。

这将是稿纸上开始的另一舞段：
水滴般的动词，蹉步抛出句子的涟漪。

临湖观马帖

雪花马，青骢马，枣红马，
墨一样泼出去，划出锋刃的黑马。
云朵般温驯的马，芦苇般清瘦的马，
四肢如桨橹，朝桥洞驰骋的遒迈的马。
这些扑扑跃入镜子的玲珑马，
跳出镜子化作雾霭的破碎马。
还有在涟漪边缘踯躅的马，在漩涡中心踉跄的马，
突然被一束光挑中的蹁跹的马。
这些涌溅的马、漫溢的马、潋滟的马……
马群从湖中登岸，倾听黄昏的蹄音：
那把风筝系在鞍鞯上的马，让露水
滑进眼瞳里的马。碰磕的石马，
熔铄的铁马，在大火中烨熠的木马。
那在棋盘上纵横的得意马，
被机械手臂拽进圆轨的失神马。
那些拖拉的马、摇摆的马、执拗的马，
惊悸的马、怜悯的马、慷慨的马……
这些老马——它们也曾竖起鬃毛
与死亡对峙——就像此刻的湖水
卧对星空，霎时拼出马的全副骨架。

从此以后

从此以后，要登高，悲秋。
要从下山路中发现向上的蒺藜。
每一片叶子，都会变成蝉蜕，
都会在与时间的交锋中拔除肉身上的刺。

从此以后，要独居，驱虫。
要从白云的诡谲中窥见苍狗。
天空的一半，将倾倒整夜的雨滴，
直到黎明从第七个笛孔中吹出。

从此以后，要洗尘，降噪。
要让骨架里的白键发出玉的声音。
翻过一页乐谱，就到了低音区，就像
从江南迁居到江北，并难以重返。

从此以后，要打理一棵枯树。
要让枝干的旋转在那根轴上静止。
要忘掉遍地碎锦，满腔扶疏，
只为年轮找一支柔韧的笔。

从此以后，要逐渐放弃口述。
要写下而不是说出命运。
要绕到纸的背面去，辟出空地，
留给大雪之前从疼痛中蹦出的丛菊。

从此以后，要赞美秋后的天气。
要怜悯一部部史书里不如意的镜子。
要跨过冰面走到镜中去，不动声色，
暗自感激光阴折出的那道深痕。

乌鸦喝水

乌鸦戴着冠冕来喝水
它在瓶子里看到了百鸟之王
乌鸦不渴乌鸦拍拍翅膀飞到闪光的屋檐下休息
乌鸦插着鸢尾来喝水
它在瓶子里看到了一道虹彩
乌鸦不渴乌鸦清清嗓子飞到花园里唱歌
乌鸦啄着玉石来喝水
瓶子中央涟漪吸走了数不清的玉石
乌鸦不渴乌鸦转转眼珠乌鸦飞入矿井
乌鸦叼着腐烂的鼠肉来喝水
瓶子边缘泛起白沫
乌鸦想吐乌鸦抖抖身子乌鸦马上扭过身子

乌鸦邀请鹧鸪斑鸠麻雀一起来喝水
它在瓶口边缘转了一圈又一圈
乌鸦很渴乌鸦呆呆望着瓶底的水如望着宇宙深渊
鸟儿们很渴鸟儿们对着水喧嚷跟着乌鸦悻悻回到树枝

乌鸦在夜里又独自过来喝水
它从山坡上捡来一些黑色陨石
乌鸦把这些神秘的星星扔进瓶子里
它瞅着水面上升它很渴但并不急着喝水
水已经到了嘴边
而这些换出水的星星
等着乌鸦用另外的智慧来命名

郁金香

半个月前，它们看上去很委屈：
在角落弓着腰，系着塑料围裙
擦洗灯罩扔来的灰蒙蒙的碟子。

我把它们转移到面前的书桌上，
摊开一张旧报纸。它们扭过头
透过百叶窗的指缝看落叶纷纷。

秋日适合思乡。我不敢将它们
和磨坊形状的铅笔筒摆在一起，
不敢将它们和坐过飞机的水壶

摆在一起。有时它们会照镜子：
花瓣上会突然飞起蓬松的红晕，
茸毛立起来，就像零点的秒针。

我不敢将它们和女诗人的选集
搁在一起，也不敢和小公主的
童话书搁在一起，特别是夜晚。

它们在黑暗中反而显得更明亮：
玻璃上放映快乐影子之舞，我
想起一部旧电影里的熊熊烈焰

火红的裙子和火红的鞋被抛向
高空，而从慢镜头里的下坠中
可以看到褶皱起伏如岩浆流动

可以听见空气削出黎明的声音。
而它们还站在那里，绿桌布的
湖面上，漂着一船黑色的粉末。

哦郁金香，我不该将你和火柴
放在一起，我不忍走到你面前
掀开百叶窗看看外面的坏天气。

敞开的难度

有些话可以在深夜说不能在清晨说
有些话可以之前说今后说不能现在说

有些话可以在海底说不能在山顶说
有些话可以在别处说在他乡说不能在这里说

有些话可以奔跑时说不能停下来说
有些话可以晒网说不能打鱼说

有些话可以睡着了说不能醒过来说
有些话可以搁下筷子说不能端起碗就说

有些话可以低头说不能抬头说
有些话可以对大众说不能对小众说

有些话可以说给陌生人但不能说给亲友
有些话可以告诉敌人但不能端给知己

有些话可以在花前说但不能在月下说
有些话可以在床头说但不能在床尾说

有些话可以说得没心没肺但不能披肝沥胆
有些话可以说得死皮赖脸但不能挤眉弄眼

有些话十拿九稳多推敲三心二意
有些话东扯西拉细思量南辕北辙

有些话本来应该吐出来可就是心里有道坎
有些话明明能够咽下去可就是喉头有根刺

有些话说着说着就不像话了
有些话说着说着就话里有话了

有些话分成两半说却不能拆成四瓣说
有些话合在一块说却不能一股脑全说

有些话交给手机更便捷偏偏委与键盘
有些话报纸绝对青睐非要塞给日记

有些话最好智齿说门牙偏要说
有些话等着灵魂说身体却抢着说

有些话生下来就会说后来忘得干净
有些话希望带进坟墓咽气时又透了点风

有些话代替别人说自谦一己之言
有些话转给别人说装作与己无关

有些话滴水不漏地上湿了一大片
有些话言之凿凿空气里满是狐疑的榫眼

有些话嚼着蜜桃说不如咽着黄连说
有些话蘸点盐说不如抿口醋说

有些话酸牙齿还得咬着牙齿说
有些话费口舌只好绕着舌头说

有些话正说反说反正难辨真伪
有些话近说远说远近一片雾霾

有些话左说右说不可居中说
有些话好说歹说切莫不知好歹说

有些话与其板着脸说不如赖着脸说
有些话与其堆着笑说不如噙着泪说

有些话不吐不快还是一句句吞到肚子里
有些话欲言又止终于一字字蹦出来

有些话说给你徒增烦恼不说又烦恼顿生
有些话你听到了兴许高兴没听见确实万幸

孙二娘

1

十字坡的店，卖给了开发商。
三年的钉子户生涯，让地价
翻了四番。拆迁的那天
我在不远处火车站的快餐厅里
喝苏打水。我看见推土机像螃蟹，
挥着巨螯，一头扎进废墟，
杏黄色的酒旗被一阵狂风卷起，
终于绞碎在城镇化的履带下。

如今那里是个犹抱琵琶的商圈。
注了激素的高楼，在骨骼
发育不全的境况下炫耀着个头。
小商品琳琅，从国外借来标签，
攒动的洋文用摇滚遮掩泥腿。
只有路口的树，大得无法移走
它被改装成一条步行街的入口，
垂到地面的枯藤恰好挡住霓虹的妖娆。

卖地之所得，足以换来城市户口，
还能在靠近学府的地界
盘下一爿店铺，继续熟悉的营生：
厨艺不可荒废，徐娘犹存风韵。
这条街上餐馆对峙，小吃摊
一片刀光：烧烤、烙饼、羊肉串，
食物的迷魂阵一字排开，静待着
挎着书包的吃货从铃声里放马过来。

我会在午睡后的慵懒里洗尽
满脸油烟，然后描眉线，抹胭脂，
在发丝的弯曲里插进一支直簪；
绿衫红裙依然合身，桃红色的束腰
收紧了腰肢，却挤出了乳沟——
不要紧，和奔放的时尚不谋而合。
我斜倚门框，后生的俊俏闪入凤眼，
啊春风骀荡，像青花瓷在歌声中飘起。

2

有时莫名其妙地，我会想起夫君
只是偶尔想起，决不是思念。
我们在梁山上的交椅挨在一起，
短暂的幸福，曾在朋友圈里晒过。
下山后的日子，像微波炉
热过几次的披萨，难以下咽。

我们从不争吵，因为他是哑巴；当他
挑着粪肥经过，神哪，快把我变成瞎子！

我糊涂的父亲当年种下了苦果：
这个老革命，却被封建毒虫叮咬得
失去了理智，丝毫不理会
妙龄的姑娘有变成白毛女的危险。
当年的合卺酒里滴入了苦瓜汁，从此
我苦练柳叶双刀与迷魂镖，
在婚姻里防身，直到变成一个夜叉
在黑暗的光中扑扇着女权主义的翅膀。

那个浑身恶臭的菜农，留在了乡下
和莴苣、玉米、西红柿共同生活。
这是一个厌弃新鲜事物的笨伯，
把转基因的科学当作耳旁风。
他起早贪黑，微薄的收成也
咧嘴傻笑，露出红塔山熏黄的牙齿。
他活该在这田垄上死去，
把剩余的蔬果白送给留守儿童耐磨的胃。

某一天的电视却让我大吃一惊！
我看到他在塞纳河畔现身
圣母院的钟敲得轰响，把一朵吉卜赛牡丹
吓得花容失色！这个老不死的
真是阴魂不散。害得我跟团去巴黎旅游
只能躲在大巴车里啃干硬的法棍。
这就是我偶尔想起来他的情状。感谢生活！
现在终于可以将他拖进黑名单。

3

两年前，一丈青夫妇搬到了城里。
时隔多年的聚会，被安排在
浓荫掩映的某个神秘会所。

他们满面春风，仿佛不是变卖了扈家庄
而是彩票的魔术箱里蹦出了土豪。
龙虾在圆桌上围绕着致富经空转，
风卷残云的力量，上升到饥饿的眼睛
充血的石榴热气腾腾地爆裂——

哦幸运的姐妹！从更年期的边缘
一下子拉回到青春的延长线上：
鱼尾纹，揉碎在香奈儿的浮藻间，
在倩碧的柔波里，我甘心做一条水草！
哦絮叨的姐妹！你的委屈就不用说了，
那些不得不喝的烈酒，无意留下的艳照，
其实都是浮云。听我说，
烈酒好过蒙汗药，艳照美过素颜照。

有时候虚荣让人渴望友谊。
夜半的寂寞，如蛇钻进了被窝，
冰凉的皮逼着我坐到电脑边，
社交网络里闪动的头像如咕咕叫的泉水。
一只老虎不断献着殷勤，后来倾诉
创业的艰辛：洗脚城、炒房团、股份公司。
进一步的情感交流则抱怨妻子的冷淡
感激新知己的体贴，直到说出：爱，爱。

意乱情迷的含羞草，如何能抵挡
翻过堤坝的太平洋？我们约在
街心的广告牌下见面，江边芦花轻舞飞扬
随风而来的是个头插鲜花的胖子。
多么尴尬啊，矮脚虎兄弟！
玩笑的针戳破了无厘头的气球。
腮帮子却在疼。听我说，后会有期。
这不是江湖话，是熟人变成陌路人的潜台词。

4

雾霾越来越浓，银河流淌着粉尘。
入秋的月亮像一把无柄蒲扇。
我的心着凉了，呼吸听上去如抽泣。
在医院的挂号处，我正犹豫是去
心血管科还是内分泌科，却突然
产生了幻觉：整形科外卖萌的李师师，
稚气未脱的潘金莲被扶出人流室……
眩晕啊眩晕，我应该治疗青光眼。

景阳冈的快递，寄到了病榻上，
流光溢彩的信封赛过营养针。
武二兄弟要来，他乘坐的高铁
将和五彩祥云一起抵达。
我翻来覆去地缝补字句中的客套，
竟渐渐从寒暄中读出阵阵暖意。
我羞红着脸恳求医生放我出院，
理由是把药水瓶架和哨棒弄混了。

阁楼上的客房，铺上了香衾
打虎英雄，就该享受闺密的待遇。
记忆的播放器把他的行踪
转为影像，既风尘仆仆，又威风凛凛：
他在秦岭的密林里与猛兽周旋，
又驾着巡洋舰闯进一个黑帮。
此后他一直在奔波中四处讲演，
差点忘了老相识中也有望穿秋水的粉丝。

但第一封信的歉意延续到了第二封：
突然到来的麻烦让他无暇脱身。
有人说老虎是纸老虎，他胸前的红花
是自己戴上去的。啊这个世界
从来不缺少污蔑，那是蒋门神与张都监
在借尸还魂。我在回信中画上

一把雪花镔铁戒刀，那是提醒男神：
你既要果断，还得万分警惕。

5

近段时间，酒楼的生意火得离奇。
升学宴像台风，卷走了红包。
在众多食客中，我认出了军师：
金丝边眼镜代替了鹅毛扇，成为智慧
新的象征。他在一群门生的簇拥下
侃侃而谈，智多星在唾沫中升起——
盗亦有道，在他嘴里成了伦理学
听起来像是对我们当年实践的理论总结

他会在私下里约我去城外散步，
并带来天各一方的兄弟如今的消息。
鲜活的面孔像泡沫，翻腾在
市场经济的浪潮中：
公明哥哥，规划着开发区的体型；
卢员外，还建房的租金足以衣食无忧；
戴宗在跑运输，林教头开了家健身馆……
他们各显神通，仿佛还在和共同的对手较劲

那一夜的子时，我在辗转难眠中
跑到厨房里磨刀。伙计们都不敢出声，
以为我要重操旧业。其实我只是想
在早点中摞上几笼水灵的包子。
这些搁了几天的肉必须剁碎呀——
添加剂，散发出利润的芳香；
面粉赤条条，跳进地沟油的泳池；
而庆功的欢乐，莫过于去广场跟大妈们跳舞。

但有时疲惫会拖我入梦。梦到十字坡，
梦到茫茫一片水泊，打鱼的船沉到鱼腹。
我从一身冷汗中浮出水面，

彻夜不灭的城市之光像冷箭射来，
那是远征方腊时杜微小贼的暗算：
它恶狠狠地留在我的胸口，
疼得肝胆俱裂，疼得百爪挠心，
疼得只想把这具躯壳掏得只剩躯壳。

作品

余真

YU ZHEN

推荐语

许多女诗人善用抽象的情绪推进一首诗，余真与大家略有不同。她巧妙地理解了抽象与具体之间模糊的关系，常常在具象化的材料中突然发力，一个简单的比喻。放大或者显微，彰显出另外一个你不知道的世界。我觉得这是一个诗人的能力，也是一个诗人的世界观。“餐桌上放着的筷子，像你分开的双腿”，我们所有的空洞，都需要语言来填补。

余真还有更好的一面。诗不能仅限于自言自语。或者说，诗在自言自语的时候，还可以开阔地面对人世间所有的难题。我在她的诗歌中看见了这样的企图：静谧的群山，阳台上的雏菊，好诗人应该是这样的，允许万物对我们鞠躬，同时，我们也对万物鞠躬。

（小引）

余真诗歌中的对疼痛的敏感质地分明。这对个人也许是不好的，但是对一个写作者却变成了宝贵的经验。那些对疼痛个人的、清晰的、准确的描叙，使她与多数的写作者区分开来。这样的训练，对一个写作者尤为重要，因为这样才有可能在未来具有感受一切的能力，由一而发，才有可能将个人的延伸到全体的，才有可能描摹所有事物触发而生的感觉，才有可能成为更优秀的写作者。

（艾先）

余真的出现让我们重拾对年轻一代写作者的信心。在我看来，敏感，细腻，尖锐……这些词汇都不足以概括她的写作走势，对语言天生的直觉能力塑造了她作为一个诗人的独特性，并没有过于乖戾的作态，只是着眼于日常的见闻或随感，但经词语的奇妙组合之后，形成了一个不断膨胀发光的“小宇宙”。也许，在余真或余真们看来，写诗不过是一件随手随性而为的事情，但由此获救的却是一代人的青春：诗歌见证她（或他们）的生活，并充实了这个时代的缺损。

（张执浩）

隐秘与破碎

姐姐，我锯掉了长发。我听河流的噗噗声
还有风的席卷，这样的破灭

让我想到灶上的水壶，泡着过去的茶垢
阳台的雨檐并不能阻挡翻身而入的水滴

那个夜晚你洗着冰冷的身体
餐桌上放着的筷子，像你分开的双腿

如果我是个男性诗人

我说过的那个女人，就是
隔壁隔壁隔壁的那个女人啊，她
跟春药和诗歌一样性感。她
游过来，像蛇

她的樱桃叮当作响，桃花已绽，未
施脂粉
她上楼去，看见我

我感到流走的忐忑从她腿间淌过，残余
沐浴乳凉爽的丝滑
她像薄荷，被我的夏天熟悉地拨来拨去
她像我，跟野猫一样羞怯

我感到我手中的笔更加坚硬，像一幅
盖世诗歌的草图
她已到达楼顶
“饥饿是空洞，需要填补的
黑暗的

无人居住的空洞。”咀嚼完最后一片面包
手心还有一点潮潮的奶酪

镜像一章

我活了十七年，习惯了自言自语
譬如：爱过的少年，已经是蔚蓝的风筝
譬如这许多年我尚挥舞着空荡的袖管
用紧闭的嘴唇，回馈命运的反问
看蜻蜓在日暮隐于静谧的群山，草木葳蕤
在我们的头顶，被一些萤火虫惊扰
这些臀部的光辉，类似长江与她怀中的山冈
类似我离去的母亲
和我父亲逐渐疲惫的早晨
类似我存在的山野，弯曲着它们的肿瘤
这一块块巨大的稻田
一茬茬在它们脚底收拢，你带来一些水果酒菜
你说起命运，蜡烛上就有几只扑上的蛾子
这个夜晚，星空是我裤脚卷起的泥痕
我能给你谈起的东西很多很多
这些年迷茫于每一条道路，被它们柔韧的身子欺骗
狗尾巴草、马蹄莲、灯笼花，芳物一一遗失
我常徘徊在流血不断的闸口
走回结痂的河流，在那里放下僵硬的身躯
看到一个似曾相识的面孔沉湎在波澜中心
对我们鞠躬的事物更加犹疑

秋天

收获的秋天。
什么

都是金色的。
田野上的梦想。你的
双眼也是如此，
珍贵。
整个秋天
我们看树上厚重的土
反复覆盖着。
就像我的外祖父
已成为
皎洁的一具树干。
长堰镇的
所有果实都在枝头
多像你啊。
动人的那枚
站进了水中。

如果冥想

我的腿挂在玻璃厂房上，像一块等候
松枝发出呲呲火苗的鹅腿，我的身体
还在工作。我的下肢淌着无法保质的血液
一个同事正在饮用浓稠的咖啡，另一个在等
水沸腾。那透明的水桶，将他们的疲劳
一点点过滤。在桌上倒了猫薄荷，叫着
"疲劳……"名叫疲劳的黑猫，它的尾巴较短
微微蜷曲着。我也被钳制着背部，这实在
太过舒服。这满足的声音不曾有任何一个人懂
疲劳的满足不曾有任何一个人懂。广播里
新的资讯吹拂着越过窗台的银杏，它黄得不像
一笔遗产。更不像我的小领导，使用过的词语
年会以后演变成了群嘲。那些艳丽的词语
夹枪带棒的词语，后来一次次被我用在
2010 级 2 班同学会上的吹嘘。小领导在

酒精作用下，被我擅自问候着邻里亲朋
特别是他小女儿又瘦又干的身体。那矮个子
又瘦又干的米粒。那是多么原始的引诱啊
未经启蒙的米粒。丝毫不像我的色衰妻子
两块奶水发酵过的海绵，丝毫没有手指的气味
这令我瘫软……令我这双腿最为铭记……

纸团

我身上有无数废弃的纸团。如我眼中波纹
胸上两枚舍利。如我将头生华发，此刻心乱如麻
少时我顽劣成性，沸水灌溉百合，竹竿绑竹环
窃走诸多蛛网：这蛛网拥有鲜少往事，它目睹我
碾死它的主人和猎物。拆开蜻蜓的薄翅膀，把萤火虫
放进灌水的瓮中。也许它的心也曾暗自伤神
才造成这样的破洞。这样的破洞，是它头上的烂瓦片
是我和你的过去。被重复的雨水击碎了一块。其实你
从不怀疑破损的兼容性。昨天你往垃圾桶新丢了果核
我已经没有更多的眼睛为你丢失着水分
你能翻开我的心脏，一枚握拳的纸团
我们寄居的公摊面积，不因我们而平添褶皱

炭火

每一处都是黑暗的，不信你
轻靠在
我坚实的峭壁上，松垮的石头垂下来。

它们咯吱作响，逼仄的眼睑
直视曲折的苍穹，断裂的样子，像面色发灰的炭火

一层接一层地掉落，破茧而出的是更多

缠绕的北方
而它们经历的冬天，在奶奶摇动的雕花破床上

重新充盈着阳光下，这些荒凉茫茫一片，在飞絮
扩大的堤岸。没有出路也没有尽头，只有一枚
永无宁日的夕阳，怀揣深不可测的小悲伤

我们围坐在圆桌上，不顾沿海的小东西在煤屑上
暴露自己干涸的经络。我们看着它
在忽明忽暗的火光中
腹背受敌，又努力

在死亡中隐忍这副死状
像极了我们大部分人喧闹而又沉默
的一生。只是那些铁锈，一直掉，一直
掉

天与空

我有这样辽阔的心事。可以因为满天枯叶，变得迷离起来
可以因为雨水，而挥去湛蓝的被褥。可以大雾弥漫
布满深沉的索引。可以噙满无家可归的风筝

我有晓行夜宿的丈夫，引航着那四顾茫然的浪朵
让她们轻轻掀开，摔落在沉睡的蓝色堤岸。让她们的骨髓
填满一腔热忱的夕阳。让她们交出山峰这
雄浑的喉结，回荡的谷中之声

让她们交出
鸟自由的翅膀。我愿意是，无形的鼓。而你如我
往复的幻觉。树，请给我致敬的树冠，就像你抬起的嘴唇
布满仍然疲倦的信鸽

布尔在一个晚上不停说话

“搬去新地方吧，莉莉安
从今天起，你就和以前不一样了……
菜市场离公寓只有一百米，旁边
有大型商场。我把抽屉里的烟寄走了，
给你买了一点米酒。省着点吧，
省着你的呕吐物、泪水，省着你的激情、体液
你不用看《穷查理宝典》，你对商业没有兴趣
不用了解我，写写你的诗吧。天气反复无常，
阵雨后的衣服，果盘里的青李，是我
艰涩的心情。你不用体会爱的痛苦
你不用了解我。写写你的诗吧。你总要
喜欢一些东西才是，由衷地……”

古老的柿子

倾囊相授的柿子，请你在枝头烂掉
圆润的茱萸如丛生的蔓草，请你走向那大肆
挥霍斑点和裂痕的白色墙体，那裂痕里流泻的
倾颓的钟声。请你如饱满的水柱击打着
裸露的河畔。请你刀片一样目光刺痛
那骨肉分散的根系，布满那灰绿的河岸
在往事的布幔上一次次动用你的裂帛之力
睡眠旺盛的你们，在梦中是否目击无穷的边缘
那整夜鸣奏的颗粒，那世界封闭得看不到它的极限
我们和那流失的星云，在各自的生命中体受不停的散聚
那聚中没有我们，这倒悬的世界堪比澄明的沙漏
我是其中的女人，离天空最远的一粒
我并不饱满，人们的目光燥热、干旱
人们需要露水的详批。人们忘了那星空
破损的砧板。因为过于耀眼，视距和疑云将它遮蔽着
我是其中的女人，和其中的男人走在一起

他们袒露着上身，在银穹上俯视着我们
我们在晦暗的土里，我们的丰盈依然是古老的耻辱

汤匙赋

饱满的汤匙，你是栽入池中的扁舟
他们用利剑形容你英勇之状。站在扁舟上的人
你不舍地挂在水池边缘，这钝剑的边缘
年幼的浣衣女，发如水藻。日日进献着倒影，我们
看不到锦鲤在穹宇仰泳，天空失去了水底的一切
这像你从汤匙背部、镜子棱角，给我的
迂回光影。这规则的四周，凹凸有致的光影
在汤匙的战栗中波折了数次，拒绝形成
钢化膜一样的裂纹。这不具边缘的
创伤。垂钓的人，他在等水面平静的时候
掀起这块殓布，如果有幸，悉知一个人的无憾
从他头重脚轻的身姿上，看到他红锈斑斑、疮痍满目

莉莉安

莉莉安，这个冬天你不能去水塘
洗你那早逝的父亲发黄的衬衫。不能由此
沾染水波的伤讯。你那在天气里读得
发痛的手指，就交由我。我给你
一段婚姻。在这坏天气里，没有什么女人
不憧憬一个离异男人燃烧的炉灶
我的空荡的房间，还有尚未掉完的窗花
可以安置你的到来。我失落的挥毫
已经投进了黑夜的激流。莉莉安，我向往
百叶窗关闭的发白的拂晓，我会在积雪中
明白它们凉透的洁癖。雪花们会压碎
我们臭烘烘的道德。树塔们不住地抖动

从这个夜晚开始。我不在意过往你
无济于事的伤悲，是否从托斯卡尼开始
抑或你刺痛我的目光，凋谢中的黑枪丸
对别人仍有不息的爱意。我只要你来到我
一个孤寂男人的身侧。来爱我吧，来准备我
早晨的日常：你说肉松面包，驼峰中的一枚
你说衣柜里的樟脑丸，混淆于你丢失的衣扣
我会是你丢弃的衣裳中的一件，你是
令我妥帖的温度，我面前铺满倒影的浑浊江水。

小身体

我的珍珠膨胀成崛起的土堆，每当
我看见群鸦睡在倾颓的村庄。每当我的母亲成为一条
汹涌的运河，旧的树叶就忍不住逃遁
“一切值得被信任的事物
都理应有去无回。”
你这一生所有的丈夫，所有的母亲
都要被他人用旧。你也有被反复经手的躯壳
在你还没有爱情的经验之前。仿佛你还是
十三岁的小女孩，你的薄内衣在阳台上
这么薄，这么小。而所有风都是有阅历的
它们吹着我软绵绵的身体，到现在还软绵绵的身体

站在站台上的人

铁路旁的夹竹桃，微风抖动着你们
有人因爱而离去，带着你们笔挺的香气
他说离去无需渲染。他不理解拥挤的站台
有人不舍就有人迫切……
有人获得爱，就有人回绝或者失去
他的忠诚。他不主张语言，在空白的纸面

他不热衷电影里，灰蒙的布陈……
季节都如此激昂。将花枝们递来递去，果实
像雪花一样朴素，它们掉在地上，
任由脚印密布。在他那极度无聊的想象里
你们如秋天一样金黄，像凋谢一样蜷缩
没有人会在另一端等待你们

仿佛梦境

飞上枝头的白鸽，落在了少女的及笄
落叶们把自己交给了草地
她们安详，寂静，把大腿和乳房
交给了草地
她们睡在草地上，仿佛跟草地长在了一起
她们仿佛还不认识男人
仿佛一切都还是值得托付的

积冰之窗

那些年我内心的窗户，
听不到山谷里
吹来的朗笛。甚至听不到
水珠的早晨伤害了
卧室的玻璃。甚至听不到
我和你产生的对话
榕树于梦境中，洋洋得意
为它迎风起舞的耳朵
为它发出呜咽的躯干
在十年间，是一具打开的
手风琴。我别无造诣
度过了贴墙而立的童年
荷尔蒙在我的手指上发抖

只有面对你，才有拨乱
反正的狡黠。我不允许
你的冬天暗自生气，充斥
我心的雾霭。即使我的手掌
无人怜爱，是一块
旧抹布。我比任何人爱你
每一个指腹都是它的情人

沸水辞

沸水中有破灭星辰。有浣衣的气味。我青春期的舌蕾
还爱着消毒粉的气息。我饮闲置的沸水
它们伤害我的食道。这并没有让我
对食物产生消极。丈夫让我深谙，灼热是一种
礼遇。而我们的爱情，都埋在水煮白菜贯穿的清晨
明德路盛开的菜摊，被倦怠的人们围拢
他们的汗液刚刚钻进衣领。他们的手从裤袋取出
那样的干黄，像一块腌菜。他们挑选着后腿肉
掂着两卷青菜。他们低头挑选
又抬起头看看单价。如同一锅沸水里，浮上来的几张菜叶

暗示

我没有说出我们的未来会像江水一样远逝
这次我离开的县城，因而开满了合欢
陈西路平坦如少女的小腹
我们戏称生活是一个美人。那未过美人关的
年复一年地承受我们的追忆

在石笋山，我们留下迢迢契阔的毒誓
为此我亏欠了许多响雷。如果回首
我一定记得你扶着我站上栏杆

松针扎入空气，白云熬到沸点
那一刹的黄昏，像你掐灭一截烟头

关于丈夫的肢体臆想

你的吻在绿荫下，落在我矮小鼻翼和
珊瑚般嘴唇的呼吸间。碰撞，不会是即刻。
你像擦拭一件古老的瓷器。
我那波折的唇纹，我那磨损的角质层，
块状的积灰——时间的知己，它像我
横躺的嘴唇，一个美人斜卧，撩拨着干裂的音轨。
这些苓茏的树叶，褐色沟壑们的指尖
摸着全无形态的蓝、全无色彩的空，它比我们更擅
无视时间的踩踏。这摇晃的楼梯，交纵的陆地
沟壑们隐隐作痛的指尖，年龄隐忍的牙口
晚风吹行舟。你们习习。如几串
无颜色的风铃，挂在无人探访、无人看顾的廊上。

梦境

在那里我得偿所愿
成了狱卒、神明、新娘、拾荒者
在逃的凶手……
我爱的人是山冈上旋转的
大花飞蓬。
我有过短暂的灵魂附体的体会
在梦中，
切实感到了身体的饥饿
我在梦中写过一些诗句
像父亲和远行一样告诫自己的熟睡
醒来忘得一干二净
虽然对此我们有反复挖掘的热忱

如同在那个夏日
一只猫坚韧地追逐自己的断尾
但这仅如
在道路上无法扫尽的尘埃
我在其中死过多次，在舞池
死于俊男和汗味
这一次，我死在一枚小小的果核中
它的前世被
我上一个梦境吃掉
我们就一起轻易地共同拥有了
两段
不为人知的不清不楚的往事

愈合

我长在坐怀不乱的山上，听风声卷走一切
檀木树哗哗的响声，像在一只怀疚的手上捻过
我见过树梢上匆忙滑走的松鼠，跳楼的
蓄满铁锈的叶子，人们在夜色下自尽
仰视着那皎洁的井口。尽管我们，只能以
新鲜的露水悲伤。我见过土地的缄默
以原野，以石头，以流沙，和树的原住民
也见它们被迫开口，咽下自己青葱的孩子
但不久之后，新鲜的草又长在了伤口周围
我见过那断流的河水，在一场暴雨之后恢复原状
那一宿没吃掉的饭菜，轻易就围满了苍蝇

静夜帖

我们吞没了多少夜晚。我的首饰盒里、地铁中
的每一节。多少次我们备感孤独，靠在黑夜的墙上
我们并没有想到它，脆弱得像一块发糕。你和他们

都取走了其中的部分。那陷入拳头中的夜晚，闭塞着它
软绵绵的颤抖。花苞中陷入过敏的夜晚，至今没有
打出它的喷嚏。我想去医院看看它们，目睹了多少痛苦
才能这样漆黑，无边无际……不掺一丝杂质

碎片

那个午后我在岸边发呆，粗碗中的酒
已经褪到了裙底，过去我们赞美着爱情和街道
赞美着沙柳萧条的光辉。更久远的时候
我是一堆浑浊的麦垛，而你曾令我死灰复燃
像路边一簇簇盛放的百日菊。火光映着
池塘延伸的裂纹，让我想到过去庭院中的
夜晚，我们认为星空浩瀚又渺若无物
而黑暗中铺满了黑暗的枝头。一切存在都不再具体
我和黑暗都是无助的旁观者，我和黑暗都有
浩瀚又渺如无物的碎片，这碎片源自不可逝去的往日

非此即彼

我站在天桥上，因为出口众多而混乱了感官
我想到我今天穿的白色短裙，它昨晚在滚筒洗衣机
领教了陈旧的无奈。年轻时它在商场，拥有美好的手
和适当的价位。现在它宽大，搭在一个
老去的女性，忍气吞声的肢体上……
想起我十年前，因为过度激情而饱受折磨
说等我三十岁，历经磨难，不成体统
对丈夫讲牙刷只用粉色，睡眠依赖布偶

何患无辞

大街走着内心盛满一无所有的人。他们的肩包
还不够空。中午的时候，他买了一条鱼
剖开，摘取它的内脏。年轻的女人在包间里
结束哭泣。为她被另一个人摘取的内脏。
他们总以为已失去的就是一切，实际上
将失去更多。多可气啊，过往我怜悯江水边的卵石
现在我的舌头，在我自己的水中晕眩。流浪汉们
属于午夜的街头，他们还在为自己悲戚吗？而我所惧
必然会一一应验。现在我站在许多株樟树之后
它们切分着我的眼帘。从空空如也到诸多空空

雨与梯子

我多想念，那天空像一块小屋檐。淋雨是为了
找到通向它的梯子
现在我来到欲望的盛年，仍在孤月的井底向外
抛着绳索
而无所诉的都已变成月上薄雾，像你在用未来时
缝补的构陷。美丽的东西，披着它的烂衣裳
变得我见犹怜。我有被浸染的坏骨头！正躲在
屋后小树林，修理它新长的骨刺
房顶像鱼背，时间摸着它的外围：我还未品尝它的另一面。
我的母亲手拎食盒下楼，她在高汤的中间
雨水穿过她的身体，去寻找她饥饿的女儿，她不会有所停顿。

白蜡烛

你的手臂，明天就会消失。
我和它曾经失去你，在一个又一个
白色的冬天。

在一个个褐色土壤，
眷念它荒凉地面的夜晚，在我的枕边消失。
那埋我的信仰的土，正用月亮失眠。

它的失眠被你簇拥……

那埋我的寒冷的土，信仰的草丛，
我们亲如姐妹，躺在一起。
仰望天空，满腹苦水。

镜像二章

我需要这世界最多的荒废，像阳台上的雏菊
迫不及待地枯萎
我需要你把我忘记，像抖下一片融化的羽毛
我需要曾经是一株海棠，举起熊熊的烈火
我需要当我跨过生命的纵流
所有的河岸就改变春天的流向
我需要带着类似冰晶的深情，不跟你们任何人挥手
只要我离开的时候，你们已经知晓了我的惊惶
只要我的日出曾经接近火山
只要杯中的海洋后来在地面澎湃
只要我是其中一个凸起的浪头
衔着天空一朵芳香的草环
当我回到我的家乡，你们任何人都不必向我道别

父亲

曾经我没有一颗牙齿，没有母亲和外婆
后来长出同学、旧友、恋人、异地、葬礼，放射性的
涣散。痛得最多的，是我的
两瓣门牙，一个是我钟情的父亲一个是

我自己。父亲老了，牙齿在土壤里
停止了生长
它们相继把白，暴露在一口凝滞的笑容里
那些笑容，为了老去为了死亡，为了
没有结果的稻子和女儿
我的年轻走过扁平的乳房，空荡的
啤酒拉罐，麦田里明晃晃的黑夜
秋收，相继垂死的
稻子。后来漫长的一生，我将咽下
丰富的粮食，被一些过于
坚硬的谷物
败坏道德。牙齿们渐渐，歪歪扭扭
它们指认着村庄变种的蔬菜
土壤里黑色蛀空的部分，总像父亲烈日下
佝偻跋涉过的农耕，后来我将
告诉，我年轻的孩子：
——“你们的外公耕耘有术
已在我的语言里
养育了一群，皎洁的墓碑”

再写父亲

很多年前他是个四十三岁的单身男性
在离开村口的方向，我是一颗
内心成熟的柿子，紧紧包裹着糜烂的往事
我看着他白却的双鬓，干涸的嘴唇
总是欲言又止。这些年他暴躁易怒
没有得到任何女人的慰藉！他活在腐烂
的日出，化脓的月晕下。胡茬和头发，都是
漫无目的的枝节。甚至他的母亲，一颗
瘫软的柿子……胸闷、气喘，一咳嗽
就几乎离开树枝……我们沉默，
储蓄着足够的糖分，纵容他烂掉。而他

一言不发，从喉咙里吐出砂土、暮年、烟圈
这个最像树的男人，不为所动的男人
即使在最暴戾的风中，也稳固着盘根错节的双腿
这双腿穿过疲惫的蚊帐，穿过工地、钢筋，
和故乡的坟场。那里有无数他的知音——
母亲的不孝子，抛妻弃子的男人
在这个不眠之夜，他们的面孔多么熟悉
彼此望着凹陷的眼眶相视而笑
袒露眼角的齿痕。他们再次木讷地
点起香烟，疲惫地打起哈欠和窗外
渐朗的破晓一同抹了抹，一张枯黄、瘦弱的脸

晚霞

天空与天空相邻，在晚霞时刻
我已数年无法体尝
绛红的道别，在我的四肢
被挥霍以后。那时候我爱桉树
爱它们沉沦的面容，像我心中的
沼泽。已经不能，让你更深入了
且你已经不能替我
萌发新的希望。在这空无一人的
远处的山林，没有一个人的
双眸。可以佐证，我的存在
我已数次遭遇了往事的拒绝
这企图结满索求的双手，只有空荡
的胸怀。赤颈鹤宁愿将双蹼
放在空中漂流。可谁没有内心
一片澄明的流动，谁没有浮出水面的
往事嘹亮的歌喉。它动用了
这晚霞，漂浮的滩涂。这蓝色的潮水
日复一日地被它取缔

虚构

墓碑上滑倒的向日葵，到达
生育年纪的荒山，经历了无数次痛经
它们流向低处，更低处
与岩石碰撞。清楚沙砾的年龄，羚羊
和鳄鱼的胃，都能使它温暖

“为何我的洁白与柔软，和所有事物
都不一样？”
“为何我所经历的浑浊，最后
都悄然无踪？”
“为何
我对虚构这件事实
的形容
从来没有引起争议。”

Chinese 汉诗 Poetry

诗选本

Selection

敬丹樱 红土 李继宗 嘎嘎 傅浩 圣章红
辰水 伍志恒 袁永萍 彭戈 王宏军 丫丫
孔令剑 王丽容 舒琼 彭君昶 刘东灵
飘萍 亚楠 弃子 王威洋 陶少亮 雪蝴蝶
阿宝 千里烟 傅曼殊 蒋艳 孙启放 姜桦

敬丹樱 的诗

JING DANYING

立春

雪化在阳光里，蓝化在天空里
星星化在湖水里
糖化在棉花里，鸟鸣化在嫩芽里。我在拨慢的钟表里
读一封春天的来信
我不能开门了。我化掉了呀

小茉莉

火车是慢的，时间是慢的
美是慢的。她回头望了望空荡荡的站台
暮色四合
小茉莉在手腕将开未开

小火车的春天

你为我备好三千疆土
上好爱的发条。我怀揣小波浪和小涟漪
哒哒出发。
遇到对的人，就没心没肺地笑

江滩

蹲在一蓬茎叶细小的植物旁
灰裙少女像只鸽子

一只瓢虫背着星星
趴在花朵上，她仔细点数——
“一二三四……”
“超过七颗了，是害虫呢。”她皱着眉头跑开了

这条江，叫涪江
这蓬白色的碎花，是窃衣

只有少女籍籍无名，只有少女认真点数的侧脸
难以忘记

惊蛰

油菜花又在三月拨亮灯盏
而他俩已暮霭沉沉，相互磨损与消耗的间隙
也会想起那片花田

——那世间最明媚的深渊
天那么蓝，两只虫子从同一朵花里
醒来

踩影子

光线从枝丫间漏下来
我踩鸟窝的影子，踩花花草草的影子

若你跟在身后
不回头，就能踩到你的影子

踩上覆在腐土的叶子
声音像一颗心，生出细小的裂纹

钥匙

雨从青瓦滴落屋檐
小蜘蛛放下笔，从构思已久的情节跳出来
懵懵懂懂
望着它的书房——
啊不，一张亮闪闪的蜘蛛网

它拍拍心口，它得去找锁匠
它要把困在每粒雨珠的春天放出来，抢在女主角
湿漉漉的命运
沉入黑夜之前

分手信

木槿开了，扶桑也开了
邮差挠挠头，他读不懂花笺上的小语种
也不明白，两种气息相似的美，为何不约而同
拒绝了香

阳光还在窗玻璃上徘徊
绒花树下，戴老花镜的婆婆已备好针线
浆洗过的被面，破洞的蚊帐，钉子划伤的裤腿儿
很多活计等着她

当然，里面不包括
闪电撕开的天空，豁口的塘堰，漏风的墙体
字里行间
决裂的语气

尤物

赞美的尺度，浆果般无从拿捏
一只鸽子飞过教堂，羽毛撞疼了尖顶的十字

她只是不经意从街头
去到街尾，风只是不经意掀起了发梢和裙角
若有若无的微笑只是不经意
进入了梦乡

梦境的主人是少年雷纳多
是大银幕之外的艾伦，安迪或亚岱尔

星星

清醒的夜，空寂的山路，纯粹的照耀
没有更好的安排了

跟着你兴奋地指认
北斗星，天狼星，猎户座，大熊座……

对于星星的身份户籍
我素无研究。但你捉住我的手，最温暖那颗
已尽在掌握

兰花和它的朋友

静静长叶子，静静抽穗
兰花从未离开花圃，直到被买走
在三十五楼的窗台
它打量着
窗前那个沉默的孩子——
那是另一株兰花，被父母从人声鼎沸的巷子
移植至此

风吹进来，兰花用香安慰她
阳光照进来，兰花用影子拥抱她

口琴

雀鸟返巢，牛羊归栏
村庄被口琴声淹没，我朝你身旁挪了挪
两座孤岛产生了联系

满坡野花
言辞闪烁

给细草的一封信

匪夷所思。我该如何描述
这些闪烁的露珠，透明的星星，蜜糖般浓稠的泪

噙着耳垂，你唤：朵，朵儿
不要停，这来自子夜的毒药，魔咒，蛊

美妙的幻觉仿若来自云层深处
多好，你近在眼前。你会从称谓读起：亲爱的闪电
你读——

“哦，春天。喜欢你
手指嫩绿，在肤纸上弹奏”

秋到分时

檀木箱里住着一群陈年之爱
浮动的暗香不说话，它们时而听秋
时而安睡

沙雕

亲爱的敌人，我的旧政权
我一次次将你推翻
一次次与你执手相看，一次次被沙子
迷了眼

日干禾草甸

乌鸦飞倦了，苍鹰也飞倦了
电线上栖满了心怀远方的音符。落日熔金。
牛羊熔金。麻雀熔金。
一个人来了，一个人走。在日干禾草甸，最抒情的方式
就是一个人
静静地往身上贴满金叶子

都是来享福的人

看到田里长了青草，就想当一个放牧的人
看到田里有了庄稼，就想当那个割草的人
那些牛啊羊啊我也可以像你们那样
除了吃草不要去想别的事：
看月亮就想着月亮
看世上的人都是好人，都是来享福的人

献辞·之三

早上听到鹁鸪鸟的叫，又听到喜鹊的叫
还有更多不知名的鸟
有时欢快，有时悲伤伴着孤独

世上很多的鸟都是这样
它们有翅膀，可它们没有自由
它们有好的歌喉，却没有好的生活

献辞·之四

鸟儿在玉兰树上叫的时候
我觉得玉兰树很好看
我从窗户里看出去，树的枝条托着花瓣
也托着鸟儿
多美好啊，坐在云端的人和走在地上的人
谁也拿不走它们

献辞·之六

有时，我从河坡上下来，看到花朵散落在
草丛里，鸟声在空中扑打着河面
河水安静又温顺

有时，我看到你在河的那一边
却不能把这里的一切领到你面前
春天的花开了，我却不能跟它说，到你的门前去
秋天的草枯了，我却不能跟它说，要经过你门前
所以，花开的时候就开了，草枯的时候就枯了

被顺从的生活

上班的时候，看到一群人在铲路边的草
一堆一堆的草堆在那里
谁也没有要反抗的意思
铲草的人不停地挥动着铲子
铲子也没有要反抗的意思
很多人和我一起走过去
谁也没有要反抗的意思

花儿开满了河坡

我送花给那个最干净的人
我送花给那个受苦的人
我把整个河坡都送出去

我多爱啊这些花
在风中，有时花叶滇苦菜的叶子会触到黄鹌菜
有时又会触到早熟禾
而更多的花都是这样或那样
它们看起来都像那个送花的人

早醒者

醒来，听羊喝水的声音
如果是一只很小的羊
可以走过去
给它加一颗糖

醒来，听太阳的声音
一个人，伸出四肢
可以撑开一朵花

醒来，听风的声音
风给我们读书
读到悬铃木时声音很大
很大的叶子盖住屋顶

醒来，听鸟的声音
一只鸟有翅膀
两只鸟没有翅膀
一群鸟，它们的翅膀可以做一条船
或一件衣裳

醒来，听空气的声音
——一个水泡
——两个水泡
——很多的水泡
——是这样

醒来，听天空的声音
她移走了身体
留下了床
床有脚
后来，又有了思想

醒来，听鞋子的声音
一双鞋子不是我
两双鞋子不是我

醒来，听水的声音
三岁的云朵立在耳朵边

醒来，听头发掉落的声音
这个时候要玩木头人
喊来小红和M

醒来，听树叶掉落的声音
脱了鞋子
在庙宇的旁边

醒来，听小孩子哭的声音
听的时候手里拿一个红苹果

醒来，听光落在地面的声音
可以拿一个盘子装回家

途中

一路上我不停地从车窗往外扔东西
不停地扔
扔着扔着就哭了起来
扔着扔着我的快乐就来了
扔着扔着我就成了孤零零的一个人

李继宗 的诗

LI JIZONG

在晚霞中

我没有非等不可的东西，但我，还是在一条小路的
尽头，背着双手站了一会儿

我没有非做不可的事情，但如果你远距离观察
还是可以发现
我就像一个半途而废、功亏一篑的人

我肯定想了一个什么问题，肯定有过片刻的
凝视，片刻的凝神，但对你来说，就像什么都没有

送别

能落到我心里来的叶子，也还是那些叶子
能识别下一刻，像光影一样
于一日将尽时入户又出户的蟋蟀
只听到它们的叫声

先我而去者我将默记，步我脚步者
我将缓存
我一定含泪咽下过什么
当风声又紧，草木枯黄，我，还留在源边

沙枣花

细碎，不起眼，像和谁都不搭界：你看你的
我开我的
像和谁都没有关系

绵延至数十里，百里
都是风，为了吹皱沙堆上的波纹
蓝天里的漩涡
风把它们和周围连接起来

微茫，不玄虚
像和谁都不看齐；你想你的
我落我的，就像，从来都没有到地面上来过

山中诗

每一次伸给虚无的手，接住的不是现在的微风
就是刚才飘过头顶的落叶

每一次，我都以为我已经不在这里了
泉水和羊蹄花，也已经不在原地

但每一次我都听见，流水，像谁的脚步
正在越过缠藤木，苍苔，正在欢快地向我走来

绿手指

昨夜我梦见你长出了绿手指，被绿光环衬的你
走在路上，远处是雪山

身后是草地，我喊你你不应
我喊绿手指你应了，你的应答声遥远

不像你平时的应答声
不像一棵树已经拥抱了另一棵树

一条小溪
已经找到了另一条小溪那样短促，且不易觉察

今天

嗅着浓烈的槐花香气往盘山大道上开车，加减挡
方向盘，在拼命工作

风在放慢速度
急转弯在向着车窗的右边拐去

山头对着山头，河水流着河水
这是我行进在山间的早晨

似乎真的有一个天边让我可以一跑到底
似乎不该这么疑问

槐花的香气在逐渐消失，下一个服务区
和上一个服务区一样，无非撒一泡尿，无非再走

山的西边

在黄叶落下，野花枯萎的荒凉时辰，在石头与石头之间
又生出一层莫名其妙的寂静
以及，在晚霞中和天上的流云相视片刻的黄昏

向阳村好像比以前好看，你好像比刚来的时候勤快
翻地，拔萝卜，割草，捆燕麦

而一只野兔几乎是翻滚着跑下坡去
这情形，多年来你不是一次都没有遇上过
但现在，与你干完地里的活，就回镇上的心情很不合拍

我与你

我与你已经无话可说，那时候，再也没有一群白鹭
或者蝴蝶在斜阳暮色里飞

花树上的花已经开败
那道听起来流得很响的河水
呈现给我们的，仍然是不用多想
也能揣摩出来的，光阴一再流逝的秘密
你别过脸去，我转过身来，走吧
我与你已经形同陌路
但那条盘山而上的水泥小路
为什么还通向我们以前曾经有说有笑去过的树林里

我的

我接触的写作荒凉，不着一字，但还是提到了一条
小路的尽头，我爱上的雪绒花在飘
像雪花一样飘在某个早晨
但不可能再开放，只是有一点点打开
我掌中的手机正对着我
手机屏幕上的一匹马，正在山坡上吃草
我经历的旧时光恍若一梦
肯定不在我的周围
但我的手机内存已经替我把它们保留了下来
我的午睡是那样短暂，我的小闹钟
是那样准时，但我真正
醒来，却需要我的心血催动，却需要我的呼吸吹拂

把悲伤带到街头的女人

一个穿灰色布衣的
中年妇女
跪在新大十字
建设银行的门口
大声武气地哭
若不是骗术
一个女人要何等绝望
才会把悲伤带到街头?
我没停下
像走在我前面的人们一样
旁若无人地经过
只有天空
为了回应她
将雨水泼在我们身上

我们的朋友

亲爱的，我们的朋友一样多
男女几乎各占一半
在我们幸福时刻，他们是
我们的宾客、礼人，当
我们争吵，他们分为
甲乙双方。甲方将对爱人的仇恨
全盘倾泻在我们身上
劝我们分手。而枕着空虚、痛苦入眠的
乙方，劝我们把酒言欢
亲爱的，我们的朋友

多么像我们俩
在彼此的胸膛咬下爱的伤口

情书

AQ：我已准备好以死亡为终极目的
与你展开一场博弈。我确定
我的指甲是隐藏在体内的一把刀
我有一千次掐死你的冲动
就有一万次将你塑造成孩子的念头

是的，当一个女人爱上一个男人
女人既是玫瑰花瓣也是杆上的刺
男人既是她的仇家也是她的宠儿
我已经准备好一只蜜罐日夜为你养蜂
我已经准备好匿于唇舌之下的枪

你瞧，哪一段感情不是千疮百孔？
哪一只飞蛾不是为了那盏灯
殉情火中？我已经想好了
要与你互为补丁,我已经打算好了
要为你收拾灰烬。倘若我先离开
请在墓碑上写下添了你姓氏的我的名字

你应该有个男人

在我的卧室，他
一边往墙上钻孔
一边说："你应该有个男人"

墙会疼吗？
我将木质的挂衣钩递给他
捂住胸口问

安装好后
墙壁又恢复了美观
像心绞痛的人恢复平静

送他进入电梯
他又提高嗓门说：“你应该
有个男人”

我有的……
我的回答
不知他是否听出了
漏洞

这个男人是我父亲

这个男人先爱上粮食
后来爱上祖国
再后来爱上人民
最后才爱上他的女人

这个男人先是孤儿
后来是军人
再后来是书记
最后才是丈夫和父亲

这个男人的女人死后
他担着苍老的流水翻越绵延的浮云
告老还乡。像重返人间的孤儿
这个男人是我父亲

他戴着母亲戴过的
沾染油烟的袖套

淘米。就像为他的女人擦洗身子
又像在打听母亲的下落

赞美

不要用修辞
不要让花朵全部开在春天
不要告诉人们
那些所有人知道的幸福
不要赞美天使

如果你要写一首诗
就这样写吧
那个四川女人
在安顺，死于一场意外事故
她腹中的
胎儿也死了

多么幸福的孩子
从来没离开过妈妈
从来都住在天堂

栽树

我们在院子里栽树
我们挖了六个坑，插了六棵树
然后挨着一个两个三个四个五个六个
填土，浇水，施肥
很富有仪式感

像培养孩子。傍晚时分
我们被六棵郁郁葱葱的树
围在院子中央

像一双幸福的老父母亲
夕阳晚照儿女成群

傅浩 的诗

FU HAO

清明

这次倒春寒真凶残！
窗台上倒地不起的盆栽
又被狠狠补了几刀。

晨起

趁尘器未起
沉入寂静
惟愿
一坐不起
带走全部秘密

蝴蝶效应

一次振翅
和一次目击
都不是断灭现象
而是无数助缘之一
汇入因果之流
必将形成风暴
在我们看不到的
某个遥远时刻

京北隐居

这里不是终南
而是京北

更准确地说
是长城以北
就是古人所谓塞外
士人贬谪流放之地
只不过我的流放
是自觉自愿的
我本布衣
躬耕是本分
只不过我没有南亩
只有一个小园
苦寒之地
娇花嫩草难养活
种了半园苜蓿
那本是千里马的草料
我天天吃
也无法致千里
顶多不过在练毛笔字时
写写志在千里
每日除了
给卧床不起的观赏植物喂喂水
给到处流浪的虫虫提供免费食宿
听听鸟唱蜂吟
就是清除园中的杂草
在新的种子
落地之前

今天

一条土狗从园子外面
路过。为表示尊重和友好，
我用狗语大声跟它打招呼：
“汪汪汪！”
它吓了一跳，
大概觉得这人精神不正常，
就加快步伐跑掉了。

荒园

去冬犯懒，
没有盖草坪。
今春归来，
只见焦黄满园。
冻僵的禾草又硬又脆，
一踩就断，
像生锈的铁丝。
无数知名或不知名的杂草
倒是声势浩大，
长势汹汹
攻占了大半个园子——
自然而然。
本来也是试验，
看禾草能否熬过
口外零下30℃的严寒，
好让适者生存，
任其自然，
也省得年年费事
盖布，浇水，修剪。
天生的野草照样
能覆盖裸露的地面，
而且不用侍弄，
品种又多样，
其中还有多种
是可食用的野菜，
例如随处乱长的马齿苋，
如今被认为绿色又保健，
去年明明采完了，
今年雨后又蓬勃出现。
热衷于在自家园墙外
占地种菜的邻居老头
一再叹息："可惜呀，
你这园子算是白瞎了！"

我笑而不答，心说：
“你懂个黄瓜！”

人生

就像一场VR
游戏
一旦开始
就无法
中止
在前进的路上
你
不断遭遇
层出不穷
意想不到的
傻X
不得不
频频举枪
射击
把它们一一
击毙
直到把自己
累死
Game Over

骚扰

建国门地铁站B出口
站着两名荷枪实弹的武警，
还有一条狼狗。
一个个子小小相貌平平的女孩
在我穿过一道窄门之后，
手执某种不明觉厉的用具

在我身前身后
上上下下刷来扫去，
同时另一只手
在她认为的敏感区域
揣揣摸摸。
完事儿后她说：
“谢谢！”
我说：
“Me too!”

朱安

我能怎样呢？
出了周家门
只有死路一条。
谁让我名叫“安”呢？
那就随遇而安吧——
随遇才安！
直到入土为安。

圣章红 的诗

SHENG ZHANGHONG

那个想念中的孩子

那只想回家的狗
在对岸，在河坡上
来回奔跑
它看起来像要
跳进水里的样子　虽然
河面不宽，但孩子还是
尖叫着
制止了它
他站在河的这边　搓着双手
呵着白气

那个想念中的孩子
在对岸，在土坡上
瑟缩地站着
他看起来像和那棵
被冻住的槐树
连在一起　风吹过他
因为周围是空旷的　所以风不大
却很冷
他感到自己变轻了
他飞起来
在更高的枝头眺望

那个背包的人
拨开凌乱的蔷薇
走进一条
看起来没有路的小路
暮色慢慢下了　星星和萤火虫
虽然不多　但很亮

他想，这条路
应该是最近的

母子俩

街道　清晨
寒露凝着白雾
一辆红色电动车
一对母子

母亲握着车把　左转
右拧　穿过车流与人流
紧张又娴熟
七点五十
上课铃就要响了

小鬼坐在车后　迷瞪着眼
双手插在校服口袋
懒懒地背靠着母亲
小小的脸庞
缩进红领巾
和白色衣领里

她在奔赴生活
他在撤离童年

我出神的时分，在惠济一片

在惠济路，惠济一路
惠济二路，它们三五成群
招摇过市
它们轻快地跑过斑马线

享受人与车的注目礼
其中有条黑色的，我曾喂过食物
摸过它的头
在一些晨光或者雨中
黄昏，它记得我
它跟着我走，保持距离
然后它离开了，和同伴一起
它们是一家人，不说话
它壮了，当了老大
它似乎有了孩子
它们是一家人

此时，我正跋涉归来
如落叶，耗尽一切
我捂住眼睛　缓缓蹲下
坐在树桩上
那些击中我的画面
我出神的时分
在惠济一片

风伸向蓝天，无尽的海
梧桐叶振动翅膀
虫洞透下光
我想

我是它们中的一个

会场

我可能是站在那个条柜上的
四个中间的一个，侧耳聆听的
蓝色瓷瓶。淡黄色长条柜
从有这些建筑开始，它们就隔着空气
沉默地靠着

虽然高矮不一，但显然
是用同一块泥坯拉长了，压扁了
在上千度的烈火中淬过。现在
它们摸起来都很凉

我也许是它们中的
任意一个。一只蓝色的
空腹的水波纹
我只是一只睡着的瓶子
我呼吸很轻，很想
不打搅别人

第四只瓷瓶旁边
有个人
藏着名字
他没有来

烧纸钱的女人

小时候，妈妈告诫我
给逝去的亲人化纸钱时
一定要避开喧闹，蹲在墙角
燃起一堆火。当热气托起飘浮的纸灰
钱就被捡走了。然后星火燃尽
光焰熄灭。你务必要尽早离去
且不能回头，以免背后的眼睛看住你
伸手拉住你。而今晚，就是刚才
我下班回家，走进惠济路口
两边梧桐高高围着，墙角燃着
一堆熟悉的火。她显然已经化完了
正用一根小树枝，小心拨弄
寻找未燃尽的纸钱。她守着
蹲着，怔怔看着
直到热气渐渐散去，像秋夜一样凉

她就要离去了。走了两三步
慢慢回头。两三步后
再回头。我想
她一定是忘了小时候
妈妈教过的话

焦糖色大衣的女子

我望着落地玻璃窗
窗边餐桌上的那个女子
正侧脸跟身边的男子交谈
她穿着流行的焦糖色大衣，肤色很黑，但是
脸上有光。我猜想他们不是恋人
因为刚才点单的时候，她抢着付账
那个男的，似乎跟她不熟，并且
拉着一个行李箱。我猜想
他们下一秒会做恋人
当我注意到她那样愉快，抚弄发梢
她瞥了我一眼，她一定是看到了
我嘴角的微笑，好像这是我的
其实是她的

像植物那样

是这样的：刚开始带着忧郁，茫然，恐惧
然后是灰云一般的痛苦。雨不下
但持续着。最后你意识到
你是在试图驾驭什么左右什么控制什么
其实都无济于事。终于你崩了
像一摊烂泥仰面朝天，等待命运击打
想不出还有什么比你比现在更低
想象它还会带来什么
或者根本不管它再带来什么

这时候你可能感觉到你像一株植物
不明所以地徒长。就算此刻雷击起火
你也默默等待，不带情绪
然后他们就说你成熟了，你也觉得自己平静了
尽管这平静中带着悲凉

脱落

我们都需要出口。就像你累的时候
出门抽根烟，和模友飞飞航模
我停止胡思乱想，用几句诗捆扎痛苦
说到痛苦，其实已经不是了
而是某种类似于茫然的东西
我已了解到，我一无所有
所以也不惧怕失去
越来越多的时候，我其实在等待脱落
就像黄叶飘落树枝
就像灵魂蜕去外壳

秋天的银杏

虫子说，妈妈
我最喜欢秋天。说这的时候
他挥手指向一片光亮。正午的秋阳
刷出一大排虚裁的细线，斜穿过红枫林
穿过成双的银杏。之所以最
是因为这样金的黄，这样天的蓝
于是我们安静地站在树下很久
有时候抬头，有时候低头看看地下
好像在一个不认识我们的地方

粮食之心

我相信每一粒粮食的心，都是红色的
像一个贫穷的母亲。
在大旱之年，藏在胃里的粮食也被搜出来
交给火焰。

五百年前的一粒粮食，它并不能活到现在。
作为子孙，它保留着一颗
卑微的心。而繁殖的力量，已让一个地壳
变得沧海桑田。

每一次餐前，我敬畏这些粮食
如劳作的农民，
甚至比神明更为看重。
在变异的粮食里面，一个村庄的孤寂
已被牢牢锁死。

作为半个农民，我有着二分之一的粮食血统。
我是植物，也是稗草
混杂在庄稼里面，
等待一个衰败的秋天来临。

割一割，茅草

太瘦弱的茅草，没有人割刈。深秋之后
地上的茅草死了，却无人认领。
一棵茅草的风烛残年，难道也需要一道闪电
来收割它们的一生？

而更多的茅草，自生自灭。
在后工业时代，一棵茅草的用处，连自缢都

已无法套上脖颈。
所有的绳子，都断了。在乡间，古老的族谱
都被拆散成了碎片。

我想起过去那个割茅草的人，
他大约也死了。墓地占用了茅草的一角
两个平方的坟头，却再一次被茅草占领。
稀疏的茅草，
如同他的子孙。

纸上惊蛰

又一个春天到来，我一遍遍地翻腾着
有限的土。黄色的土。
却没有蛇，钻出冰冷的洞穴
缩成一根药材。

从我耳边吹过的风，有着麝香的味道。却仅仅是
一个圆形的清晨，
便消失在附近的太极拳里。
白鹤亮翅。更多的老年人，疲于遵守健身的法则
而偎依在一棵冬青树边。

惯坏了脾气，
在一片斥责声中，闹铃的响声缩短
隔着土层，也能听到数不清的祖先，他们的窸窣之声
——犹如翻动着床榻。

还需要多久，连一条藏身于地下的蚯蚓
也要听从春风的召唤，
钻出地面。
我并非相信与生俱来的命运。可是
在乡间，作为一棵稗草的邻居，我又能怎样？
与其收割没有粮食的植株，不如
在内心里种植一片荒芜。

山中慢

一个人在山中居住，光阴会不会变慢？
如果时针有效，如果4G是一样的快
又怎么能说，这个山不是那座山？又怎么能把
山中的毛榉树想象成时光的盒子？

如果连一座山也会被慢慢地啃平，一群挖掘机
就像一队发疯了的蚂蚁。
它们搬运，不停地搬运，直到连蚂蚁也在搬运着
另一个自己。我说的这种慢——
竟然成了一种快，一种放映机的快。

可始终会有一种快比慢还慢。
我心脏的跳动是一种快，它比别人快，也比自己快！
可是，它依然还是一种慢
一种返回胚胎的慢，一种还原为泥土的慢。

我在这种慢中慢慢地活着，想到天一亮
慢就属于我。

在身体里安置一台抽水机

凭什么，我无法在身体里
安置下一台抽水机？
一台12马力的抽水机。

一台钢铁做的抽水机，它吐出的烟雾
是否能熏黑一个农民的肺？
一个农民儿子的肺？

如果安置不下一台抽水机，
那就安放一个模型吧
连模型都无法塞进去，
那就放进一台纳米的潜水泵。

除了抽水之外，它还抽血
日日夜夜将血从低处送到高处，
从人间送往天堂。

向鸡蛋乞灵

一枚鸡蛋的宿命，早已注定
乞讨神灵的降临
在光滑的鸡蛋上面，依附——

被鬼魅偷走心智的孩子
他像一个提线木偶
摇摆着来到桌前，
他并不饥饿，面对一个鸡蛋。

打碎它的欲望，类似于犯罪。
对于即将莅临的神，呼唤他的乳名
必须应答。

鸡蛋作为道具
在一只鸡的腹中，被揣摩了好久。
游走四方的鸡
它为来自远方的神灵让位。

离去之神，却难以带走疑惑
我胆怯地吞咽下一枚鸡蛋，心里一阵不安。
那年七岁，为记忆发愁……

一把铲子

下午，我看到一把铲子
隐藏在墙角的阴影里。它并没有
损坏，躯体中有一半的铁
包裹在泥土里。

新鲜的泥土，似乎是另一个孩子。
它从衰败的草丛底部，
被挖掘出来。

我将铲子洗净。
它的另一用处，被还原到厨房里。

搅动三种以上的蔬菜，
在一个铁锅里。像捕捉田野上的生灵
永远无法逃脱，
——线形的边界。

酒盅里的一切都是倒影

父亲，去世了
却还停留在51岁
刚刚进入中年
犹如一条河流，我还没有
看到它博大、深厚、逶迤的下游……
如果倒回去
时光像一个锥形的梭子
割开一层层的霜
那坚硬、冷漠的表面下
是否藏有一个永不干涸的酒壶？
被倾倒出的酒
它被控制成任何一种形状
发怒或者愁闷
在酒盅里的一切都是倒影！

伍志恒 的诗

WU ZHIHENG

裸夜

（一）

夜里温热的柏油
黏住所有爱逐境移的艰迴
窗内灰黄交缠耽溺，如鹿啄溪水
他们在吞咽，或者在沉默
或者就是忙着阒静地敞开再熟透
玫瑰色的液体在酒杯心慌意乱地烦躁
即告委弃的东西
人们在相互认识的惨泣中紧紧拥抱
我不肯抬头
怕两边都是假装

（二）

手腕上血管横七竖八，叠嶂山岭
我的眸窃夺我的另一只眸
我的脚盗走我的另一只脚
此后，再也到不了他面前
晨曦把拂晓照得爱莫能助
红的红，白的白
风笛携牵胡琴
绿沉沉的一层人世起落
无非秃井废巢，青苔软叶
我拨回时针，哐当——

（三）

外面永远恰逢风雨方殷
街衢在讳莫如深的喧嚣中夷然递进
是一蓑众生肿胀的跌落

更紧，更匮乏、哽塞
鼻尖烟草辛辣清凉
浮华逐一升起和塌陷
我死力捻灭烟蒂
那双郁结的臂弯趴在我指缝流淌
他的后背使我邪念丛生，百草丰茂
他全都懂，我却不承认

（四）

花立时谢了，又是幸灾乐祸的暗
穿过彼此辛冷的褶皱
我们眺望对方，日渐晦涩
它在海水的烬余里各成孤岛
枕上稳固与休歇的尘土
和皓齿来回戏弄
我已逝去得太漫长
当它来临时，我不再需要
我被我的异想天开毁于一旦
这就是我全部的故事

清醒纪

今天发生了许多件小事
差点又想到你
像祈祷文对答似的惯例
午后下了场壅塞的雨
天淡得很轻
风很咸
浸湿了我的眼睛
气温28度却让人感到怔怔忡忡的烧
一个柔腻的夜和三条乱糟糟的狗
书上说一个女人爱上一个男人时
会将他以隐喻的形式

留在大脑诗化记忆
人望山，鱼窥荷
你是太阳晒暖的水远路长
连同麋鹿在雪原上无畏地奔逃
仰头发现了北极光
你是盛大日子中的佳节场面
我们为欢方为央
然而，你最像是
我交付的九十九次流转中
遗漏一次可堪告慰的离别

可你不要当真

前世故人
请原谅我在粗粝欢愉的时刻
用眼泪褶皱你的衬衫
你落荒而逃的
以及莽撞的期盼
是败落而颠倒燥热的媾和
缠绕的本质是伤感
一如我
柔顺眼眉，姿态盎然

我们一起生活过的
那相依为命的家
一夕之间，灰尘飘飘扬扬
如此沉坠
自己上路吧
至多
带上你的情人
乐声没了肩头
风景还似旧时温柔
我是爱你的
可你不要当真

忏悔

他心有千年山河的风流
身轻如冰薄水暖的海岸
爱上他众生喧嚣的沉寂
与波涛诡谲的胸怀
他眉梢眼角的疏狂
他的自由、从容、跋扈及稳固
像南极
从皮肤上不断滑落
一夕间，白发苍苍

躲在深夜的蓝光里
我被我的罪吞噬
点一盏，亮一盏
佯装置若罔闻
这飞沙走石般的欢喜
我用破稍纵即逝的真心
只是爱情徒有虚名
永生，我知道我将记得你

我在狮子座上给你写信

我在狮子座上给你写信：
一别如斯
我亦飘零久
宴席将阑，长乐未央
我们耀武扬威地走散
那之后，我穿许多颜色
白的红的黄的蓝的橙的
这百无聊赖的空洞呵
难以名状的悲哀
我爬过很多张脸
温暖捉襟见肘

夜夜觉得瑟缩
你还会不会记得
满身风雨穿过人海的我
昼伏夜出，起起落落
你是我逃不脱的烟萝
乐匆匆，生在奔逝
纵他百般疮痍
我一直在这里
既不会自杀，也不会出家

陌生女人的背影

他眉梢眼角的冬意
念头许得软塌塌
时刻都在长吁短叹
目光下视的伤沮中结了几层羊
我捧一杯水
在他衣袂的轻影上袅袅蒸发
一阵倾听的静默响彻浑身
即刻渗开得体无完肤

他吻我像吻蜡烛上的火苗
倒折过去又热烘烘贴上来
饱满的樱桃，葡萄，荔枝，
瘫软在蜂蜜里
两个寄人篱下的孤儿
以灵肉滋养对方
恐怖让他的先见之明逃之夭夭
在四面楚歌中撑起我的生命

老楼的光里影影绰绰开满小花
岁月像只猫从树上掉下
我听见他在异乡的巷子里走过
不写文章，易喝醉，永踌躇

时空远近交叠
我鬼气地长于他的年轻里
他是我的地狱
而我对地狱没有执念

半个他在熟睡，身处梦境
陌生女人的背影轰隆隆流遍了他
气息沉酣的重压像棉被捣在脸上
蚂蚁蹀躞浮游，烈焰成池
徒剩成群结队不见尽头的苦奢
女人回过头 说，嗨，点支烟吧，我的少年
这是我的心意
并不想和他到哪里

白床

有人放置一张床，在野外。
在很多树木中间，床的上方直接可以见到太阳。
那是一张病床，白色床单白色金属床头
简洁普通廉价。
但是床上的褶皱是活的！
床上的褶皱不停地蠕动着
像是有人因为疼痛而不断蜷缩着身体。
这张床将观看者带入了一个回忆的时空
复原了一个时间，唤醒了一种疼痛的记忆
那些不断蠕动的褶皱，如果一条肉虫
在光的照耀下，悲哀地无声地嘶嚎
哭泣的声音十分巨大，乃至于
无声。无声。

刘丽

今天中午，站在十字路口
我需要吃一顿午餐时
脑中奇怪地想到你
你正在哭着，为了我。
豆大的泪珠不停地
从你的晶体中分泌。
我刚刚经过时，
春季办公大楼
慢慢流泻的积水，
滴在围栏里的草坪上。
你脸色微红，因哭泣
而擦着脸蛋，用袖头

这是农民的习惯。
妈妈，我们的记忆
像冰封的东北江面
碎冰碴子在春天被
刨子划开，爆破冰面
会裸露骚动的鱼群。
我们时常联系，但是
我不只三次不认识你。
你是谁？妈妈。
肥胖替代消瘦，妈妈。
而今，你与我还会
得到抱头痛哭的痛快吗？

蜗牛

我该写写那只小蜗牛
写写他的安宁
雨后它的触角上的两个小黑点
直立起来，挺拔坚硬。
如同男孩的柔嫩的阴茎
发着那种单纯透明物质
才会发的光
显示出跳动但总是脆弱
渴望，但是无法抑制
这只蜗牛
背着巨大的空壳行走
在灰色水泥台阶与天空之间
敬拜着空洞的街道
长途跋涉下去呀！
一次次触摸水泥台阶
打磨它为圣物
雨水滴下去的地方
一些新生的潮虫

幼小如婴儿的小拇指甲
被惊吓四散分开
不远处，另一只黑色潮虫
急促爬过地面
忘记了身后的那只
小蜗牛。
别抛下他！
带着他一起吧，
你们会相识吗？

荡秋千

她们俩荡着秋千
那小孩子终于可以自己荡秋千了。
她也可以了，35岁，和女儿一起荡秋千
让自己飘到风景的最高处，然后
再滑下来。
“我来推你吧，我来推你，妈妈。”
她用尽全力推她，
就像她是她的妈妈一样，
自信而且成就感十足。
她奋力推她，
抛起她，
双手划开记忆的波浪
映出一幕幕当初的样子：
医院、白炽灯、止血钳……
忙乱的早上，
疼痛的砖块和一棵树。
推开，她推开所有阻碍
秋千从下到上，从上到下，
描绘一把弯刀
被她们反复抛向空中。

童谣

我要怎样告诉你孩子
在夜晚的广场上一遍一遍
重复：拥抱陌生人是危险的！
但是你的眼神如水晶
你不懂，你不懂。
你渴望拥抱，无论贵贱
没有分别心。
虽然我知道，我知道
夜晚的悬铃木希望得到
清风的吹拂。
但他们如果遇见暴风雨？
果子随时折断零落在泥里。
可我怎么说呢？
你不懂你不懂。
大灰狼的故事没法讲。
我没法骗自己。
要怎么说呢
你才能明白
一棵树看起来挺拔
但是黑熊早就铸就
幽深的树洞。
而你呢？
虽然时间会教会你的
但我真不想你知道。

回忆

三十年后的一个傍晚，
在一栋漆黑的房子里，
在我婚后的第三年，
我在一个初秋的傍晚
嗅闻到煤炭的味道。

那是母亲摘回小菜园里的茄子
豆角和老黄瓜。
她漆黑的头发凌乱得
像一个被虐待的女人，
正抱着我们要过冬的鲜蔬，
那是她耕种一夏的果实。
如今，我在幽暗的房间里面，
等着时间的衰老，
想象着故乡的记忆，
首先是一种嗅觉，
然后是形象。
我嗅闻到秋季来临所带有的
恐惧和疼痛，就像
与丈夫争吵后
我在夜里疼痛的肺部
和心脏。

连接

是的，他此刻正在试图睡着，
就在我写下这首诗的时候，
他翻动了一下身体。
然后，像是要吞咽东西，
他弯曲的睫毛轻微抖动，
他稀疏的眉毛像是
一个丑陋的初生婴儿。
他裸露着巨大的鼻孔呼吸着——
这一切已经过去多久了，
他们在一起，从八月到今天下午，
阳光透过劣质塑钢窗的窗玻璃
照射进来，照在他平静的脸上，
爱把他们与世界隔离在
一个玻璃容器中，
然后通过记忆和阳光

宣布它的存活。
此刻，她的凝望迫使它苏醒，
将此刻与过去相互连接。

深圳乘早班地铁

穿透早晨的光亮从四方聚拢来
被一节节车厢收容
所有的眼睛都盯着手机屏
世界似乎与他们无关
只与我脱不了干系

车厢里那些窗，隐匿不明之物
地底下，黑暗安然
你在或者不在
都是光亮生活的另一面
我必须面对

多年以来
我在地上和地下穿行
那些被大人护送过境赶课的孩子
是否也在重复着
我们的命运

冬至

在冬天里，我举起了双手
雀跃般迎接严寒的到来
那样，我就有理由把自己包裹起来
不被一些意外伤害
那颗脆弱的心便有了温暖
驿动，发出光

怀抱温暖，
你可以把白天过成夜晚

把忧伤看成道路
享受冬天的日暖花开

其实，生活的状态是这样的
我们举起双手
多数时候是向生活投降

时尚

时装周粉墨登场喧嚣一阵后
像泼妇吵架败下阵来便悄然离去
围观的人群作鸟兽散

喜欢看热闹的人真不少
只是各心怀鬼胎
车模一声尖叫令各色人等丑态百出

时尚充满爱恨情仇
一个女人的离职使多少人暗自神伤
哭泣的是曾经的过往

叩茶

对一只杯子的敬畏，高于一些人
那些日常生活中的细节
不说遗忘，也不说伤害
当你面对一只橘黄色的水杯
等待斜阳莅临窗口
拯救你的，并非是分内之物
说说哲学
这个时候，杯里不仅有色香味
还有魍魉

野钓

逃离是一种生活方式
比如说远走他乡
许多人融入了都市的喧嚣
却心凉如水
就像此刻这野钓区域
气温一低再低
我还是信奉愿者上钩
尽可能少与人交锋
垂钓就成了某种借口

钓上来的总比没钓上来的小
跑掉的，绝对是大的
信不信由你

回南天

三月即将过去
回南天并未如期到来
我抵御潮湿的一些举措
都成了假设
面对日常，那些可有可无的预案
只是徒劳，一些忧伤，也会定期回访
腰肌劳损，却从不肯原谅
我的过去

读书

在书本里，我始终找不到出口
沉迷于那些截句和断章
并将它与日常中的细节相对照

努力嚼出味来，可是
那些陈词滥调不仅充斥我的白天
夜晚也被它消损掉
我不得不重新审视读过的每一本经典

一些书夺走了我童年无邪的时光
一些书消耗了我青春无常的幻想
我的中年，在一些书里痛苦地折磨着
还有一些书，毁掉了我的大半生

围炉

没有比一盆烧得正起劲的炉火更敞亮的胸怀
风呼啦啦地响，火苗伸长脖子
看一个个出走的人赶往温暖的道场
我们都是鬼魂，游走高楼间做着白日梦
呼朋唤友，说着违心的话
此刻围炉，面红耳赤

我们已习以为常，拍着前胸
将难以办到的事情说得轻描淡写
我们就这样承诺，纠结，失信于人
面对一盆炉火，燥得慌

致动荡国度里的黑孩儿

这孩儿好可爱，好黑
比清澈的泉水还要黑，还要干净
我想抱一抱他
就像拥抱一小块家乡的土地

我宁愿相信他是一个长不大的孩子
眼里装满地中海南岸的忧伤
还有通过苏伊士那条河
运往太平洋东岸的无耻
和他对强盗的一次次
毛骨悚然

我也相信他和我来自同一个地方
他是我的孩子，我的兄弟
我们有一样的忧伤
和不一样的惊慌

给父亲的祈福

一摞儿方方正正的
镀金纸
一千张
要有多么虔诚的心
把它们
一张张地
叠成金灿灿的
元宝

我一张一张地叠下去
横向对折出空间
纵向对折出时间
交错出
往昔的
一幕幕

金元宝一个个地落下去
像父亲的汗珠
滴落在田垄
滴落在村头的打谷场上

父亲活着没见过金元宝
可他从壮年到
佝偻的中年
足可以用来
兑换几枚
只是
它们都消融在了
我和弟弟的成长里

我背起一袋子
若重若轻的金元宝
走在空寂的雪野
远处便是父亲
日渐矮下去的坟头

我跪在那里
点燃了金元宝
它们化作
一缕缕青烟
我知道这原本就是
身外之物
我只是害怕父亲
还那么清贫

想做那只猫

阳光暖洋洋地照着
奶奶盘腿炕上
长长的烟袋捏在手间
光阴都被奶奶吐出来
像雾一样飘走了

一张古老的
实木八仙桌
连奶奶都不敢
和它比年龄
它总是在炕上
和奶奶挤空间

桌子底下
常有一只柔软得
无法用语言描述的猫咪
她在午睡
瞧她那毛茸茸的腹部
随着呼吸一起一伏的
一切都那么安静
正如阳光
暖洋洋地笑着
那只猫幸福极了
在睡着……
在睡着……

如今
我好想是那只幸福的猫
在桌下睡着懒觉
或者醒着伸伸懒腰
不时地探头看看
奶奶老花镜下的
花手绢绣好了没有

母亲错怪了一只鸡

两年前的今天
母亲走了
这人世间不只是少了一位
妈妈
而是至少缺了一个儿子

三十多年前
母亲每天都是顶着星星起来
开春以后
早晨起来第一件事
就是奔向鸡架
那十几只老母鸡
被她如数家珍地抓出来
摸了一遍屁股
嘴里不时地念叨:
一个鸡蛋五根铅笔
两个鸡蛋一包洋火
七个鸡蛋十个算草本
……
有一年夏天
家里一只叫芦花的母鸡
总丢蛋
母亲经常自语:
你这个败家的东西
白瞎我的谷物喂你
落蛋就是不忠
……
后来
芦花也神秘地不见了

有将近一个月的时间
一天中午
那只芦花又出现在院中

不同的是
它显得异常憔悴
面无血色
在它微展的两翼下
依偎着10余只小鸡雏
我惊呆了
在芦花的身上
——母亲
再一次伟大起来

几只迷茫的乌鸦

在回老屯的途中
透过颠簸的车窗
有几只乌鸦
在刚刚埋下种子
整齐的黑色田垄上
向前挪动着脚步
走几步就点一下头

它们还没有被绿叶
完全合拢的窝
被风在枝头随意摇晃着
这就是它们的家园
有如四十年前我的家乡
那样的脆弱

我不敢去想
我返城的途中
是否还能够见到那几只乌鸦
它们在看似肥沃的田垄上
每一次让我担惊受怕地点头
会不会像人类
在祖辈留下来土地上

吃下自己埋下的毒果
终有一天
接二连三地倒下去

这土地
为了更多的产出
还能支撑多久

那头牛

离家20多年了
我一直在寻找那头牛

春天
它把套绳拉得嘎嘎响
血亮的犁铧
黑黑的泥土
艰辛被埋下

秋天
满山金黄
一行行沉重的蹄印
把父亲的汗水
成捆驮回家

和它比
我更觉得愧对父亲

力量　忍耐　贫苦里挣扎
我背起书包

我一直在寻找那头牛
它感恩家乡的泥土
每汲取一口营养

都不忘向大地
叩首

每当夕阳向晚
它昂首：
哞哞地呼唤
我就知道
父亲跟在它的身后
走在回家的路上

写诗

写诗
要有老中医的本领
把文字当作一根根
银针
打通
一道道淤塞的穴道和经络
让一个个
几近瘫痪的灵魂
再次站起来

月光的羽毛

月光的羽毛落在山冈
山冈披上白雪一片

月光的羽毛落在田野
细听稻子的呼吸，融化进泥土

月光的羽毛飘到夜读的孩子窗前
在书页上轻轻停留

月光的羽毛扇动着翅膀
照着一只酣睡的夏蝉，偷偷进入她的梦乡

月光的羽毛来到铁轨旁
等待擦肩而过的途中人

月光的羽毛落在天桥下
照着流浪汉撑破布鞋的脚趾

月光的羽毛那么轻，那么白
诗人将它像灯芯一样拈来

安放在夜的心脏，点燃
山河的血液，照亮整个世界

四颗栗子

第一颗，秋风中坚守枝头
有意无意，展示壳斗科栗属种仁的本色

第二颗，躲在密叶背后
如期成熟，饱满
等待啮齿类动物找上门来

第三颗，练就偷天换日之术
披着别的果子的外壳
混入唱诗班，每次蒙骗前
还要来一大段殷诚的祷告

最后那一颗，老实巴交
被肾亏的老郭带回家
这补肾强筋之物，咧开嘴
却笑不出声，混杂着粗沙和白糖
无意间，将整个安静的夜晚搅得噼啪作响

剥洋葱这项艺术

坐在桌子前
我专心致志剥洋葱

心上的事越来越轻
窗户长上了翅膀

语迟人贵不是我要的
我也不懂何为水深流缓

盯着镜中的自己
湖面便起了皱

我继续剥我的洋葱
天色很快暗下来

我告诫自己再呛也不能掉泪
要将炊烟塞回烟囱一样控制自己

我从不随便谈论政治
我写出最漂亮的词句，都与孤独有关

与洋葱有关。与妈妈
针尖下的琴声有关

不要随便喊我女神
更别说主动帮我提绣花鞋

我其实什么都不是
不是他们口中的女巫或天使

再剥一会儿洋葱
我连皮带肉，都会剥光了

放心。我经历的苦痛还不够多
不配谈生死

我只想专心致志，完成
剥洋葱这项艺术

星期天

两只螃蟹的星期天
着实有些糟糕！
它们一定没有预料到
这阳光如橘汁般的日子
会是它们的死期

光柱穿过窗子
钻进厨房
在灶台上若无其事地踱来踱去
我给螃蟹周身“解绑”
扔掉注透水的草绳

将它们放进煮开的水里
再见，伙计。
锅盖被严实地盖上
仿如隔开
另一个世界

可怜的小家伙！它永远也不会想到
要了它小命的，竟是与它朝夕相伴的
——水。它更不会明白
原来要“红”一回，必需
以命相换

一根还俗的鱼刺

——记某次鱼刺鲠喉

这家伙，逼近我的喉咙
说爱我。
爱得很深很深

我掉泪
咳出血
这样的爱有点过于残忍

用疼痛浇灌这棵身体里新长出的芽
伤害和爱，报答和报复
平行着生长

我心里长着的刺和这根
寄生的刺
我真的说不好，它们哪一个对我的伤害多一些
但我爱她们。
爱着这身体里的延伸

我想，我们彼此深爱……

有了爱情的刀锋
变得那么甜蜜
这根出了家的鱼刺
在被我咳出的那一刻
竟有了还俗之心

灯神

她拿了根绣花针，轻轻地
拨了拨灯芯——一下，两下，三下
整间屋子，不，整个世界
就开始神光满溢。所有事物，被点亮

床、梳妆台、墙角的仿真百合
窗帘、地上的灰尘，甚至
她脸上浅浅的小雀斑
便不安分地，动了起来

噔，噔，噔……她听到有人在体内
爬楼梯的声音。沿着肋骨，拾级而上
如果没有猜错，那人一定是
左手持着火把，右手拿着铁锹

微光中，一个巨大的茅塞被撬开
她脑壳里那些酸性、碱性
阳性、阴性的词，奋不顾身
冲了出来。她们手牵手，跳起火圈舞

有风吹来。火光激动了一下
像极眼前这场，不大不小的，动荡

白月亮

我不想叫醒她
停歇在红色的塔楼顶尖
她的轻鼾，触手可及

羽翼晶亮丰满
眼神隐匿，而神秘
她从这个世纪，拂过那个世纪

很多次，我径直撞上
她的呼吸。撞上她
汹涌的沉默。哀伤的白月亮哟

你徒有光洁的肤体，火做的心
光影错叠的年代
谁用真面目，喂养你的凝视？

亲亲的白月亮
不戴面具的处女之身
大地无解的谜语

唯独你，才配做我
——发光的墓碑

一条牙缝都种植着一盏灯

一颗牙齿就是一个车站
从母亲的子宫
到孩子晶亮的眼睛
每一条牙缝，都种植着一盏灯

舌头是一个完整的道场
从学步的婴孩，到蹒跚的老人
味蕾舔舐着一段车程
与另一段车程的冷暖甜涩

阳光是一把丈量站程的尺
当太阳划过历史的唇线
那些成长着的灯
终将开花结果

酸酸甜甜的野果子哟
不是高挂在床头，就是掉落在坟前

爱怀疑的鸟

爱怀疑的鸟飞过夜空
隐于夜色有如隐于自身
爱怀疑的鸟不相信一盏灯的
熄灭，与头顶的星星有关
黑暗中每一声轻微的响动
都来自两个隐约的实体
一切都是怀疑的起点
一切都值得再一次确信
梦幻来临，睡眠可疑
呼吸沉重，空气可疑
包括爱，在深爱中迷离
而死，在不死中加剧
爱怀疑的鸟也不信任彩色气球
在自我意志的地平线之上
被包裹的虚无仍是虚无
它只在上升的贪恋中获取意义

部分的部分

身体是灵魂的一部分，这很确切
身体是灵魂的一座草房子，灵魂出去
又回来，总要回来，到这草木中。
几株狼尾草伸着脖颈，它们
是旷野的一部分，它们的颤抖
是秋风的一部分。毫无疑问。
无论多么辽阔和剧烈，这秋风
那旷野，都会是你的一部分
你——大千世界的幻象

总是在过去和未来之间往还
不知所终。似乎，更确切的表述
是必须说灵魂，也是身体的一部分
旷野，是狼尾草的一部分，秋风
是颤抖的一部分。而世界也只是你
一个深刻而不经意的动机。

吞咽

我们都是靠生命喂养的人
其他的生命，红苹果，紫葡萄
绿色菜蔬，白色米面，有时
仅仅是一些颜色，富有深意
就足以支撑起我们的信念
我们尽情吞咽，在它们
没有完全死亡之前，各种动物
它们曾经奔跑，飞翔，游动，在
自在的大地、天空和海洋
我们也不时吞咽我们的同类
他，或者她，他们，你的另一面
自我意志不能到达的每一个人
也许，我们一直在吞咽我们自身
在正午的阳光下，在子夜
在镜子的模拟和叶片的吹奏中
无时无刻，直到此时——身陷
又一重世界，那吞咽的声音
是深渊，是迷幻，在耳边。

秋日午后

捆绑呼吸，从天空垂下绳索
井底有另一片天空
以及阴云。要打捞什么，从镜中。

秋天的白衬衣随风轻荡
整个下午的时光，怀念泛着潮气
在一片光亮里隐隐约约。
鸟雀的未来并不遥远
即兴一截飞翔，即兴几声鸣叫
天空，不断上升。此时
仅仅存在的此时，如我之人
打开双翼，飞——
分针与秒针交错，像一个永远
无法完成的标枪投手。

死亡讯息

一个人离世的讯息传来
表明：他将和我，在昨日之瓮
持续复活，似密皱
——时间的花朵

一个又一个讯息传来，仿佛
不断在说：地下墓穴
我们——已死与将死者
都会在那里流淌，如明日之水

庭院里的柿树

过去的事情并没有发生，现在
只是一团燃烧的块状黄金
柿子树的黑枝也只是丢掉了
叶子在时光里的碎语
它们都不属于过去。
沉默的、坚硬的核在内部
什么也不证明。
就像秋风走向冬天的途中

并不携带多余的东西
一段奔跑中的喘息也总是在尽力
减少热度。在庭院里静坐
一百年的庭院，它只是在等
主人在另一个一模一样的地方
倾听女佣诵读经书。

偶数天空

生命的事情有时太过美妙
以至于必须和人分享，才能阻止
它们无休止的上升。
然而，终究要上升，偶数的天空
一群白额雁在写字：
写一个比眼睛还大的“人”
再写一个“一”，比手臂还长
像是发回人间的爱情电报。
于是，人们深信：
一个人总是需要另一个，总会
希望，成为那里唯一的居民。
他们愿意一起离开春天
又跟随秋天，一路向南，即使
要飞越那生死山峦，也紧紧跟随。
因为，生命的事情有时
又太过伤悲，同样需要另一个人
轻声相慰——“伊啊，伊啊，伊啊”
来来回回，在两个世界之间。

夏日

柴狗在门前的阴凉里
吐着长舌头，喘息，流口水
急促有回声，而眼前的光亮

白得耀眼，仿佛一个象征
一个被隐藏的万物之影

影子之一

有阳光时，你的影子
从你的身体里
跑出来，像一个小孩。
没阳光时，你躲在
你的影子里，不出来
像另一个小孩。

王丽容 的诗

MUBAN MUBAN

敬畏

据说人看到的东西只占4%
猫狗见到的也比我们多
比人群多得多的生物像另一个暗夜
注视我们
——渺小的人类
甚至，我们看到的自己
也只是影子

空棉梗

没人留意那一株株褐色的棉梗了
农人如今不需要棉梗作燃料
来年春天这块地上将是别的作物
它们一天天变得干枯
但不会倒下
它们静静地等待被嫌弃地拔去
它们举着空空的壳
壳里四瓣洁白的棉花被摘掉
走进人们的被子里
棉衣里，被寒冷切齿的温暖里
张开的壳依然朝向天空
仿若还托着云朵一般的棉花
它们像练习绽放
练习死亡

旧

——献给天国的父亲

时间用久了，越来越旧
旧的东西，旧的人
离开我。这一生，我就在这些旧里循环
连我刚流出的眼泪也失去新鲜
它和过去道别，道歉，变得刚硬

有些物什，需要默默俯拾
有些人，需要再相认，一遍遍称呼

出身

泥土裸露
没有了花朵、果实与绿叶
我的皮肤上有花朵
四肢长出绿叶，骨头中藏了果实
我常常忘记它们的出身

种下玫瑰

电风扇把风卷起来，又卷起来，一遍又一遍
夜在逃离，带着它的宿命
我种下玫瑰
在我们领土之间

日常

天热了
厨房冒出几只飞蛾

接着看见
两只黑虫在小米里游泳
厨房的主人
打开纱窗
请它们出去

近处有深山

人们入洞睡觉了
我一个人在山边溜达
山是圆锥体，我是沿圆周滑动的点
圆周有时起伏
山茶、含笑的花瓣在湿润的空气中
曲起波浪
像记忆深处，某个人上扬的嘴
哦，燕子雨后归来
洞里睡觉的人梦见了梅
一树开红花，一树开白花

鞭炮屑

散落在黑色鹅卵石缝隙里
细碎，疲软，没有形状
清洁工也嫌弃
数天后，鲜红褪成浅红
最后变成无
像一个充满能量的生命
一个帝国
消亡

残雪

在刀尖上舞蹈过
被人踩踏过
内心透亮地消失
茨维塔耶娃也是这样
悄悄取消自己

舒琼 的诗

SHU QIONG

我走在群山之外

还是喜欢一个人
静静地走在薄暮的山路上
如果有人，就故意放慢脚步
直至路上只剩下我一个人
孤独地走着
在群山之外，在河流之外
一棵银杏树，叶落纷纷
这一生，那些前赴后继的喜悦或悲伤
终将，腐朽为泥

下雨的夜晚

反复搬动着那些词语。在泛黄的纸上
把微雪装进铜瓶，让轻烟挂在疏篱
绿苔铺满苍崖。整整一个晚上
《梅谱》里的“二十六宜”，被我挪来挪去
只为了把窗外的夜色放进去。如此
就能置换出你想要的扫雪煎茶
而窗外正下着滂沱大雨
整间房子在飘忽不定的海上。直到
“有人走来，把手轻轻放在我的背上”
仿佛，一个拥抱的味道

登崇文阁

最先推开木门的是崇文阁的风
比我，更熟悉这里

每登一层，就把檐角的铃铛撞响一遍
那些字画，也跟着被翻动一遍
如同众僧在轻轻诵经。阳光斜射进来
按住了宣纸上起伏的山河
到顶楼，风声戛然而止
剩我一人，背着自己的影子下楼
先前的那一阵风去了哪儿
或许，只有远处寺庙里
突然被撞响的那一口钟知道

观音洞

旁边没有寺庙，洞里也没有观音
不过，这个地方的确叫观音洞。
以为，观音端坐在高高的山上
却只看见连绵的群山，空空如也

回到城里，经过一条叫观音的街道
狭窄拥挤，熙来攘往
一辆小货车拉着一尊观音
慈眉善目，在人间穿行自如
然后，下落不明

疼痛帖

有时在头皮，有时在胸口
有时又在手腕——
你说，近来总有魂魄在身体里对话
这次是左脚，时间种下的蛊
在半夜苏醒，如闪电劈开陈旧的身体
鲜艳的肿痛露出迷人的微笑
只能单腿站立，抱着黑夜旋转
“风吹过的时候，四周将得到超度”

随后，那只豢养在谚语里的老虎
也终被渐凉的秋风放生

十字路口

就这样，被阻隔在时间的这一面
一路紧赶慢赶，还是差了一步
十字路口，我收回迈出的脚
站在一棵香樟树下
明晃晃的阳光照射下来
树荫里的我，终于
成了一个漏洞百出的人

此刻

在山中。用手机拍那些植物
开花的，不开花的，都很温暖
一一等她辨认，逆着时光而来的灵魂
云在远处的白腊山顶慢慢移动
鸟鸣不停，从左边的树跳到右边的树
傍晚的风哗啦哗啦，如同亚热带的雨
椭圆形的叶子落下来。仿佛

你突然伸出手，在她的右肩上
轻轻地按了一下

天就要黑了

傍晚，从赖石山走下来
我都会在这块空地上坐一会儿
今晚陪我的是一棵开满花的刺桐
还有一地绯红的花瓣

一只布谷在深山里切切地喊：归兮——
替那些隐于草木深处的人喊魂
孤单的回声，空悬在苍茫的暮色里

前面的木亭里，五个老人围坐在一起打牌
我与他们，仅隔着一场风吹落叶的距离
天就要黑了
他们的白发在夜色里真好看

很多事发生时是安静的

半个多月的冷雨霏霏，在昨夜
戛然而止。温暖的事物又回到人间
天空很蓝很深，足以消弭
尘世所有的恩怨。犹如时间的叹息
青杠树的叶子簌簌落着
你从树下走过，刚好接住
如流水般跌落的光阴
深秋的风轻轻吹拂，影子俯身
细细翻阅泛黄的旧时信笺
不远处，那一棵沉默的乌桕树
仿佛就是那个你等了很多年
也没有等到的人
——这些，发生时都那么的安静

大暑记

那天傍晚，全城狂欢的火把
还是没能举起七月的天空
有人离去，“有些人逃离另一些人”
更多的人茫然又无动于衷
那么多的忧伤，都是雨水的气息

所有的蝉，已被集体噤声
所有的路，已被绵长的雨溶解
从此，我们只能互为天涯
等待腐草为萤，点亮
各自，中年以后的走势

我和月亮，与人间格格不入

在建水的朱家花园
第一次看这个秋天的月亮
“它就是古代的汉语”
后来，深夜的蒙自街头
月亮飘忽不定，终是挂在了
宋代的那棵疏桐上
·
今夜，相石阶森林公园
月亮从漫山的芒草中升起
山路旁，苍耳、艾蒿、车前草
沾满了霜色的清辉
在这些朴素的本草药方里
我行走自如，所有的隐疾不治而愈
·
从山中归来，仿佛已过了千年
我与人间，格格不入

新离骚

——给刘德东

幽灵从老宅的腐梯上
缓缓走下来。惊悚，迟疑。他在屋内
彳亍，徘徊。稍后他跃入水中
群坟向水。他在水里逡巡
河水清且直漪。河水清且涟漪
这是冬季的大河，先祖的大河
篝火与炊烟相继在梦里升起

脸庞突然现于水面。他中间的黑
烛照着他周身的白。沿着温热的路径，他
犹豫着爬上木梯，又犹豫着打开房门
微弱的光照见跳跃的尘土。屋外
棺木已去皮，已砍斫，已墨斗，已刨光
正装衔，正上箭，正着漆，正合缝
千年的红裹紧不变的白。老木匠突现惊异
看吧，看吧。他指着针眼般的小孔
怪事怪事，一只小蚂蚁正从里面爬出来

青花

她已厌倦。找尽借口搪塞
生活仍在继续。只是少了缱绻
也好。宁静中有小小波动
无伤大雅。有普洱之酽
有沉香之袅。她着黑色衣底
如临深渊，红色衣袂幡飞
我可以捎你一程么。她不回头

依然走她的路。矜持，高傲
然后，在转角处突然没去身影
是时，夜未央，明月照彩云
一只猫倏地从暗处蹿出
他细看，那只猫毛发漆黑
与夜色毫无二致。两只
瞳孔发出绿色，散射出警惕的光

偈语

檀香之淡。沉香之远
时或岩柏香韵。自脊尖细出去
从青龙，从白虎漫绕
千山暮雪。谁在木鱼声声
双膝如铅，缓缓坠落
双手并作一枝花。曾在天山折梅
曾在江南，把栏杆拍遍
香要续。单数是圆满，双数是残缺
青灯玄黄。你是铭心的香主
这一炉化为灰烬，你就可以告别
瀑千丈。台阶九级，门槛七尺
从前曾记得。此刻已忘记

她的国

他收拾行装出发
走到半途又悻悻折回
还有玻璃碎片散落一地
孩子还没有用过早餐
他从咽喉里挤出一句话
“面包仍然还有。熨在火炉里。”
孩子流着眼泪点头
他开始收拾残局。同时

身体不停颤抖。很多东西
已自眼前消失。他有所眷念
“我早有打算”，他喃喃自语
花还在。情景还在
他拿起遥控器，关掉电源
节目停播。一句话只听得半句
“……取决于你”。他行至阳台
衣服已甩干。晾衣架虚位以待
客厅突然传来喧哗之声
他侧耳细听。孩子把电视重新打开
她喜欢看动画片。她要把声音
调到最大，盖住一切

它

它比我醒得早
半夜三更表明它的态度：硬朗，坚决
但明显，政治经验不足
它没弄明白，它只是一介附属物
却时常喧宾夺主。它的想法很简单
借此证明自己的存在
在刚刚过去的许多个晚上
它弄巧成拙，适得其反
但我仍然理解，并宽恕。毕竟它
单纯到还不知道什么叫孤独

归去来兮

如果老房子老了，就让它继续老
瓦砾破漏，就以旧换新
墙壁皲裂，就抹上新鲜的黄泥
地面扬灰，就洒些露水
如果鸡笼猪圈空着，就引来雏豸

积粪发臭，就散及田园
牛栏向外哞叫，就牵来小黄牛
土地荒芜，就种下林木
如果台阶绿，帘草青，就引来小山羊
厨具生苔锈，就以碱水煮烹
堂室遇黄梅起湿气，就燃起小火堆
娘亲咳嗽，就痛饮姜水
如果归乡之路褴褛，就大刀阔斧
我若迟疑，就鞭笞三百
如果死无葬身之地
且就烈火焚烧，锉骨扬灰

身份

进入方式如此不同
大山在粉身碎骨之后
森林在被连根伐断之后
菜蔬在逃离泥土之后
稻粟在脱光之后
河流在浓妆淡抹之前
我们留下荒芜的土地
和年迈的爹娘，紧随其后

碎纸屑

偶尔出户，脚步飘浮
抬头看看太阳，一阵晕眩
想起前日撕碎的纸屑
成飘的姿态，从
十一楼的窗口纷纷扬扬
在不同的时段跌落
每一片，都有可能成为姻缘
我认同这样的结局

庄子

两只狗在马路上
在阳光下忘情交欢
与人类的交媾如此不同
一个向东，一个向西
或者一个向南，一个向北
在背道而驰的方向上
它们获得前所未有的快感
得承认，先于人类
它们已深谙历史的本质
并直达时间的深处

在爱中

如何才能令一枚红茶回到最初
当其固守此在，浮于杯面
回归内心的宁静，显得多么艰难

一切尽是败笔。子夜
没有言词的旋律，循环往复
一枚红茶，何时在沉浮中落定

水归原形。违心地选择一个句点
如多年的言不由衷。“这个人
死得其所。他曾经卑贱地活着……”

静物

烟圈一样的日子。有时
连我自己都惊叹，一个烟圈的生成
和它的毁灭。这是习惯性的举动
猛吸一口，用舌尖轻轻推出

更多的时候百无聊赖
也想引经据典。不得不承认，这是一种讽刺
内心并不总是安静。岁月也是
一直以为，这是正常的生理现象
无意中的一个呵欠，不小心带出了眼泪

羊茸·哈德

所有的到达感都得经过艰辛的旅途
羊茸·哈德
你的莽筒一吹
让我们每个人都像
终于找到领地的王

需要得到多少的祝福
森林才会如此丰富、多彩
随手拈过一串松果
都有五彩的形色
——好一把心灵的宝石

羊茸·哈德
我听见流水
带来达古雪山的讯息
我看见落叶松
轻易就攀上云端
完美的冠型
符合天空的法则

我想在这里随便做一只动物
羊茸·哈德
如果你允许
今晚我就扔掉行李

临夏

傍晚是进入一个陌生城市最好的时候
比如此刻，火烧云的天空下

从高速路上
隔一会儿就能看到一座寺庙的尖顶
它们让大地显得更加安静

时有鸦雀飞过
我眼中看不到一个标签
心中更是盼望
进城之后
也不要有所分别

行游青海湖

如果我说
我看见一群仙人
衣袂飘飘
由西王母引领而来
青色的海泛出五光十色
山海之间清晰呈现出
高原的营造法式
我想你不会反对

如果我说
内心纯净的天地
看什么都是鲜艳的
而人们继续着吉祥的创意:
风马向着太阳奔跑
石头雕刻成佛像
油菜花大面积织染
丝毫不担心浪费
我想你不会反对

如我所见
海鸟自顾着在岸边闲聊
在云天中翻飞

在水中啄食
不讨好任何一位游客

如我所闻
百万年来
湖面还在生长
湖水由淡入咸
湖海自给自足

如你所说
它是祖国的边疆
是苦难的容器
更是高原的心脏

都兰

直到回到酒店
酒足饭饱，再喝了好一会儿茶
和同伴尽兴地聊了好久
又独自默坐了片刻
才恍然想起
今天这一路向西
车行在漫长的戈壁上
眼睛已不堪裸岩、砾石
带来的视觉重负
突然遇见一座绿洲时的那份欣喜
“都兰”，蒙古语意为“温暖”
如果千年前
这里走过一群取经人
我愿意和他们一同走在路上
并为乍见一片绿洲而兴奋得
赶紧默念一段经文

柴达木

你不能说我一片荒漠
每走一会儿
我都会有一些隆起
使情绪有些不同
甚而会点缀几棵草
经过漫长的旅程
当你看到一片蓝得让人发狂的湖泊
也不要太惊奇
那不过是我闲来耍的一个小花招
好吧，把话说明白
我把繁花和森林隐藏起来了
在地下，甚至不用翻开多深
我的王国有着丰富的矿藏
和刚柔并济的思维
又或者
当你用信心看我
我已经在此刻向你展现了
丰满润泽的天地
那是我能献给你的最美的内心

出嘉峪关感赋

不必说此乃天下雄关
万里长城，河西咽喉
然而我更感兴趣的是
此去20公里处的黑山岩画
羊牛鹿狗，围猎舞蹈
用最古朴的方式刻画在岩壁之上
那是文明初生的时候
那时候，我们还不懂得精心布置战场

祁连山下

——致敬二哥

恕我直言
你们这些老板凳
看着此山此月此水
心中也一定流着万古江河水

三十年前，或者更早
血脉偾张，爪牙锋利
哪怕瘦削的身体
也气吞万里如虎

向你们学习什么呢
祁连山下
水草丰美之地
吐谷浑，西夏，吐蕃……
所有的忍耐
是为了妻儿兄弟
所有的荣耀
不仅是为了妻儿兄弟

而雪山昭昭
而党河黑河
而时光如水
而万古长流

香樟果

地上落下一颗香樟果
地上落下好多香樟果
我抬头看看香樟树
叶子随风摇着头
叶子拼命摇着头啊
没有一片叶子承认
是它们制造了这一幕
也没有哪一阵风
为此，绕绕弯或回回头
风只承认自己吹过
香樟树站在原地
低头看着香樟果
提前回家的人
走在路上，清脆的口哨
在秋风里转着圈好欣喜
又一颗香樟果落下来
重重地，打在她头上

每一朵栾花都会静静盛开

树上一片花海
树下一片花海
散步的人走在两片海之间
一会儿看看天
一会儿看看地
脚步也变得沉重，迟疑。
唯有清香在空气中弥漫，弥漫。
蹲下身去，

捧一把花瓣撒向流水
小小的花瓣一会儿
就被浪花吞噬
变成另一片汪洋大海

立秋日书

世上最动情的落日
在一个叫五河庙的村子
那时候，你正走在布满霞光的乡间小道上
清凉的稻子追着晚风
惊起田边的白鹭
一只蜗牛在拼命赶路
一条乌黑发亮的短腿狗
小心翼翼，跟在身后
而它的仇敌是妈妈饲养过多年的一只老猫，
美人蕉，绽放在夜色来临前的黄昏里，
那是我十三岁那年
留在妈妈身边的一抹光亮。

窗前有棵杜英树

窗前有棵杜英
看书累了，就看看它
看它的时候，它也在看我。
我常常在想
它为什么叫杜英呢
如此美又如此老土的名字，就像是某个乡下女孩。
而杜英的确是那么斯文
安静，它呆呆地站着
独立在一块草坪中间，
有点瘦弱，又战战兢兢。
哦窗前站着女孩，

她从不说话那么安静
她穿清凉的绿裙
有风的时候，晃晃叶子
从不发出声响，
无风的时候，也晃晃叶子
从不发出声响。

接骨木又叫蕾丝花

走在乡村的水田边
一片高大接骨木正好挡住了你的视线。
让对面刚刚拔节的秧苗有了小面积的缺失，
一块完整的水田
由此分割，而那时，接骨木花繁茂，
白色的蕾丝在风里努力张开，摇曳。
小小的花瓣脱落了一地
而另一棵上，红色的果实举着小小火把
既害羞，又热烈。

布谷

我确信，那久违的声音就埋在树丛里
轻手轻脚走过去
它立刻安静
像突然止住哭声的小孩
等我不再经意
它继续鸣叫
循着声音小心寻觅
树林再一次安静，簌簌的落叶也惊起回声
这么多年了
虚无的天空下它一直哭泣不断
一个夏天连着一个夏天
我的安慰永远找不到落点。

黄昏散步

天幕上，去年消失的那些星星
又回来了
有些肉眼可见，有些模糊不清
那些完全看不见的
我相信也在一个隐秘的地方
独自放光
就像有些人的存在一样
没有波澜
不代表他从来没有存在过
没有光芒，不代表
他从来没有绽放过。
就比如，那个死去多年的亲戚
又来到了我的梦中。

菩萨

我闭眼合十的时候
菩萨在看我
跪拜的时候
菩萨在看我
许愿的时候
菩萨在看我
当我睁开眼睛
菩萨在看我
我看菩萨的时候
菩萨还在看我
现在，让我起身吧
菩萨啊，
你的目光
从后背穿透了前胸
当我一脚迈出门槛
我如释重负

一万个菩萨
从身体里，仓皇而出

亚楠 的诗

YA NAN

有些事

就这样吧。你看见
的洋槐树上，麻雀已经离开了
你必须在黎明之前
或者之后
也赶紧离开吧！

蚂蚁们正在赶路
长长的一溜都望不到尽头
是大迁徙吗？
也有一些蚂蚁掉队的
缩头缩脑，

似乎遇到了什么
麻烦事情。但我相信这些蚂蚁
还会回到它的族群
回到爱恋中去吧
像蜜蜂一样

那么虔诚。一颗卑微之心
在出发的路上
所有爱都是虔诚的

雪与天空

灰白中的亮色，紫云穿过
了它。一只暮鸦
悉心钻研，最初的那一片云
为什么会是橘黄的？

雪在似落非落中
对着白色雾幔展示她的睡袍
和一把青铜匕首
都化为寂静了
默哀的人正走在路上

但风间歇性掠去了
枯叶。正在走路的人神情恍惚
踩着一缕青烟
在茫茫雪原，忽然转身
回到了他的梦里

沿途都是空荡荡的
白骨。一蓬蓬芨芨草裸露着
就像巨大的荒芜

内心火焰

他屏住气，看起来
像一个无用的人——许多时候他
的确也没什么用

但事情的另一面恰好
相反。他默不作声，似乎沉默
是他唯一的力量

在雪原上，他疾走如风
如一声尖叫之后
的宁静。或许吧，这种方式
只适合他自己

而别的人都习惯于
喧嚣带来的快感，不懂得地火

在深处，在时间深处
囤积的秘密——

往往就被大雪掩埋了
他们浑然不觉，还以为这只是
有关雪的童话

剧目

未知数依旧，在活跃
分子消失之前
他还原成一只鹈鹕。半透明的
羽毛下面，小喇叭
　直响个不停
即便是这样，也没有
发现成群的蝗虫
降落在空想里。这显然不是
意料中的事
但细雨还是斜掠过来了
在密集的灌木丛，野鸡张望着
似乎这些雨水
并不会波及它们
而我也不知道，这些年
被时间遗忘的部分
是否还能重新生长
就像荒原上枯荣交替的场景
没人可以忽略它们

芦花开

接近芦花时，我有点
眩晕。或者就是
一种色盲吧。在绿色中停留的

蚱蜢，和绿蜻蜓
就是一幅画的魂灵

盛开吗？在遥远的异地
看一种风景
铺展开，莽莽苍苍
仿佛一场即将到来的雷雨

释放他的忧伤
和潜伏在水底的河马
做精彩游戏

能够记住的都将
在回忆中。苇花向上延伸
看剩余的时间
怎样把澄澈变为浑浊

紫月亮

她的背面有大海
摇曳。视线之上的灯盏也是
波光粼粼
若爱情开辟的疆土
隐于夜幕中

人心向背，火焰
在灵魂之上，所发出的光
拥有纯正的紫色血统

也被大地所吸附
只是，紫月亮在天河休眠的
状态承受神话的块垒
和天狗的爱

假如清癯的风可以
对着月亮吠叫
可以在夜深人静时，当竖起
经幡之前就死去

或许他已经证明
夜空啃啮的皆为尸骨

蟋蟀

它威猛。它在空中跳跃时
翅膀化作匕首
成为瞬间。那一道闪电的胡须
所具备的明亮度都在
腾跃中耗尽了

它的精髓。即是一种
看不见的嘶嘶声
流淌，进入它的领地之后
树叶明晃晃

在夕光里啜饮
花蜜，和鼹鼠的奶水
可以想象
它假如停下来，沉默中的树影
就会淹没整个黄昏

这种结果，其实
蟋蟀也从来就没想到

小阳春

他返回，在金黄色叶片上听
时光小夜曲
静静流淌的曼妙之音

穿过红草叶
最后的温暖。和舒展的翅膀
一起轻轻拍打吧

有些花正吐出她的蕊
听十月清风
把温婉的和弦拨响

去田野上，看一看
白鹭飞，菊花黄……红霞
浸染的桃林

被明亮托举。多么宁静啊
三叶草的簌簌声
轻叩帘栊，和他的春梦

薇若妮卡

梦像通过X光
打探到的一根
增生软骨
它是某个夜里
身体隐痛的因由
现在你醒来
把一种孤独
告诉父亲

边境

在成为夫妇之前
他们仅有一次旅途
穿过境内一个
冷寂的站台，途经
潘普边缘积雪消融的小镇
并从那儿转乘城郊巴士
去往海边——
他们已不再年轻。
以往，他们散步
下厨，做爱，或空着
凌晨醒来时
一只沉睡的手突然
轻捂了她的胸口，仿佛默不作声的
尺蠖蛾
出现在初露暖意的边境。

诗

那是很久以前
在熟悉的乡村
一个人在那儿度过了
童年
傍晚是棕榈低低的气息
和林地橘子的
静谧。
而鸟鸣会更早
萦回在清晨那是
很久以前
我这样描述
在孩子入睡之前
他终于信以为真地
沉入睡梦。
至于一个人
那只是他不再重复的
一种生活
而在什么时候
孩子以他单纯思绪
在生日卡上写着：
你知道我昨天说了谎，
但我很爱你，虽然你从未
带我回到你的乡村。

暮晚

这是些遗忘的追加
仿佛可以撕出一张海图
在落雨的近处
听到几声沙鸥鸣叫

而我的朋友曾说
那是某种老牌音乐

（有多久没有这样听着
散落的鸣叫）

可以是淡紫海图上
撕下的一小方块陆地
可以乘着暮晚的船骸
驶入暗流深处

一封信

一封简短的信
她读了又读
在电饼铛冷却的黄昏
紫跖草低垂的橱窗边
我能感到这个女人
正陷入忧伤
在一封信里她经历了什么
而当她又自一个日子里忙活开
我找到这封安放在
盒子里的信
只有简短有力的笔触
只有相安无事的告别?
在一封信中

你在白天会收到一朵矢车菊

夜里的花都已开过
只有这张
矢车菊图谱
还留在我手中。
时间久远
我已记不清
信中内容
只有矢车菊

一种淡蓝的花
你说从未
见过它的模样。

一个托马斯的梦

墙壁是雪白的
绿色的屋顶
半岛以樱桃树
丈量身上的寒意
像一种慰藉
抵挡了阴沉
而高大的是身影
在墨绿海上
像一个远洋司炉
正倾倒出煤块

马奈颂

如果把你做成一把琴
那些熟睡郊外的人
便会散发出音乐

王威洋 的诗

WANG WEIYANG

苹果

高考放榜后不久
我背着沉沉的画架
去杭州画画
准备复读
妈妈站在阳台上
偷望我
我没有回头就走了
深夜睡在铁皮车厢的过道上
有人跨过我的身体
我也不知道要画什么
一个烂掉的苹果
还是
深色的坛子
我梦见苹果掉进了坛子里
在列车上
摇摇晃晃的

颗粒感

蚊子在上方
这是夜里，关着台灯
它在夜里扇动着翅膀
声音比白天清晰
它把清晰的颗粒感
带到这头
又带到那头
一遍又一遍地

一块黑色

我看见被褥上有一块黑色
已经很久了
有时一股微小的力量
藏在它的底部
蠕动。我观察了很久
它有点不像以前的黑色
现在它蠕动着
暗藏韬晦
似乎要颠覆这个世界
我想了想，它虽然动了起来
但它仍然是一块黑色
躺在那里，有时静如死尸
我想些什么呢
它当然只能是一块黑色而已

注销证明

薄薄的纸单上写着
“户口注销证明”
原因——死亡注销
但死者的遗物还在，他残垣的楼层中
阳光把裂开的墙面缝合得
仿佛没有裂痕的样子。
记得他临走的前几个星期
仍顽固地撑起拖沓的肉体
倚着我，在医院的走道上荡来荡去
他说他要锻炼，很快就好起来了
我强忍着眼泪
看着癌细胞从他的身体里长出
看着它们扩散到宁静的夜晚。
这是一个漫长又简单的故事
老套的剧情里充满着荒诞

当我拿着他的报告单去社保局
领钱，他就变成了一万零几元几毛
我把这些钱装进了奶奶的口袋
他重新回到了他妈妈那里
我清算零钱时，用手捻到
最后那几元几毛
它们几近要摧毁
我在人世间所有的信念

情未了

雨断断续续在山城
魂牵梦绕。前几天夜里
我梦见灵魂在周遭的小区内游荡
寻找他的爱人，像一个雷达
测试过往行人。
据说，灵魂的重量是21克
他不肯远去也许因为他的重量
无法拨动另一个维度的人
当我醒来，感觉到四月雨
是他刻意留下的
反复无常地愠怒

平涂

后半夜，微弱的月光
透过窗帘进入房间
平涂在两个安详的呼声中
马蒂斯的手正在解构
她是肉色的，他就是粉红色
背景被涂改成深蓝
主角A与主角B有节奏地
收敛锋芒

因为最近无争吵
两种声音叠加在一起
发出了第三种声音

雨后

雨停了很久，让不言而喻的假设
成为真实，野山猪回到丛林
没有丢掉性命，和一身结实的瘦肉。
打猎的人，我有一颗心脏
在发芽，梅花开了，一两个人
站在枝边拍照合影，纪念2017年
的死亡。以此阐述，猎人来过又走了
泥土潮润，被塑造成不同的形状
岩浆翘起，狰狞，它看起来
超过了人的年龄我的内心
没有一支枪口瞄准爱情
路过的人看得见，凤凰栖满枝头
路过的人背着猎枪，携着高脚杯
等待活着的凤凰，坠入人间
等待疯狂的爱情，落入婚姻

一块红布

初一的深夜，我突然
意识到了什么问题
心里就堵了一下。一块红布
盖在观世音菩萨的头顶，没有开光
我的亲人，撩起盖头
红布下是八岁的我，在清晨
刚睁开眼，看见母亲
在和另一个世界的人说话

陶少亮 的诗

TAO SHAOLIANG

六道菜食府

在我胃里，轮回
我是在消化，不是消灭
一次性塑料酒杯、汤匙、碗
它们强硬的表情，没有谁能消化——
只会被反复消毒
如此这般。在人间
它们爱着身体的细菌，我们爱着身体
在一次次空荡，或满溢中

冬天的烤红薯

他把一个软软的、热乎乎的
焦糖红皮的烤红薯
递给她，戴着红皮手套的右掌心
像放一颗，糖衣炮弹
午后，冬日斜逸的阳光，抹杀一半
她唇线上的口红
另一半残影
将被烤红薯，再次镀亮

红白喜事

送葬的队伍和迎亲的队伍迎面相逢
鞭炮，噼噼剥剥开道
左边红男绿女，右边黑衫白巾
队伍都很长，拖着尾巴
让开点，对不起……

有人小声低语
有人欲言又止
谦恭，避让，尽显人间礼仪
此刻一边，只有主角一人没笑
此刻另一边，只有主角一人没哭

稻田的故事

麻雀歌唱，没有人听
稻草人侧耳，它最警惕

金黄田野，没有麻雀的
一喙口粮，一粒谷子
不会为这样的抒情歌手
投怀送抱

麻雀只会动嘴，偶尔动情
但它不敢掀开，稻草人头上的
那顶破帽

深冬

温度按照季节的契约
准时搜身
树叶输光了，肉体
攫取过多脂肪的皮囊，在等着挨宰
大地藏起铁锈、木刻，留下蛛丝
兽迹。老鼠在加紧
磨牙。最后几粒偷来的秕谷
弃在途中，被麻雀截获
下一个粉墨登台的，是雪
它铺天盖地，收集口腔里的热气
以那缕枯井目光的名义

夜来香

黑暗中，窗帘在晃
我知道是风，但我又不相信
只是风
白天随白云走远了
把我和夜
以鱼和水的名义，留在床上
我想做水中的泥鳅
不要鱼鳞，闪光的鳞片也不要
不愿把光芒拽进水里
正如我不愿，对着黑夜
睁着一双明亮的眼睛
看窗帘晃动，空有一个影子
对自己说不

老丝瓜

老丝瓜已爬上，围墙最高处
它发誓不被人吃
脱尽肉身，它在还原
一身筋骨，心有火种，但迟迟未燃
秋风荡涤，到头来
一根藤，假模假样
像来不及掉落的，一截长尾巴
人们喊它，丝瓜精，丝瓜精
几只好奇的蚂蚁
爬上去，啃了几口，又摇头转身
只有我家主妇，早瞄在眼里
说它是块好料，霜后可做洗碗抹布

出门

他开门，昨晚的一片纸屑
还没邮出去，还在门口
弃婴一般被风翻看

他咳了一声，对面熬中药的
老头，也咳了一声
声音相撞，坠落似的，进入
热气腾腾，刚倒空的药罐

早晨，有十米深的雾
他开口，与似是而非的熟人打招呼
声音，一根扔出去的草绳
如果你听到，请打个绳结

丰收

稻谷堆成山后
你一屁股，坐在上面
像个极有成就感的地主

风吹着，一根稻草
毫不费力，就把一根空空草秆
吹上树梢

一根挂在树梢的稻草，毕剥作响
比你坐得高
一只麻雀，坐得更高，在另一个树梢
看起来，麻雀虎视眈眈
其实心里，仅藏有一只麻雀
最初，最小的情怀

喜夜

春雨杏花
我且喊它们，俊男靓女
做我邻居，我就在隔壁竖起耳朵，让出
地米菜铺就的
一畦缓坡，做它们缤纷
流觞的婚床
只是夜，空空如鳏夫
我也愿意
做它敲着竹梆的更夫
让醒的更醒，醉的更醉

雪蝴蝶 的诗

XUE HUDIE

圈养

我有二亩半池塘
圈养着水，也圈养着鱼
我要说我还圈养了两座青山
五六朵，七八朵白云
也是不为过

我很善良
不会伤害它们
但是也很任性
也不会放了它们

天凉好个秋

是的，站在一棵树下
无论秋风吹不吹
你都觉得有些东西会纷纷落下来
或者落在水面，被流水带走
或者落在角落，永远留在那里

落在你眼前的即使是一片树叶的影子
你也会吓一跳
想伸出手来去接住
可是又能接住什么呢
秋天不是太轻，就是太重

把空间都留给了鲜艳的果子
它们美丽而香甜，值得路过的人多看一眼
也值得他们说出赞美的词语
关于赞美的词语，没有人能抵制它的诱惑力

只是在秋天的树下，不宜久留
你的肩头患风湿多年，承受不住更多的寒凉

我的悲伤无与伦比

我认识的王小茹、蒋英丽、李萍
都是漂亮女人
而且都事业有成

但是她们都当过凶手
都在年轻的时候，杀死过自己的孩子

杀死自己孩子的女人，还有我

这些孩子意外到来
在我们柔软的肚子里还没有学会做梦
就因为我们舍不得金钱、地位
还有那个光荣的称号
而瞬间被尖利的铁器变成血水

这么多年我常常照着女儿的样子画那个孩子
画他一周岁，五周岁，十五周岁
他可爱，聪明，善良，俊朗
无数次地叫我“妈妈”“妈妈”“妈妈”

我只在夜深人静的时候
才有勇气轻轻地答应一声

闰月

月亮圆了两次
一次是在雨中，我们都没有看见
沙沙的，紫冠花落了一半

滴水檐上的瓦片要了漏出来的灯光
一切还显得那么美好
坐下来的人，听青苔生长的声音

这多出来的日子
会不会让池塘的水也多出几寸
让岸边的人从容地去想念

想念什么呢
后来天空顺着河流漂走
途中，被石头拦下，又被石头放走

朝阳南区

绿化带里种植着许多叫不出名字的植物
每一株都被修剪得规规矩矩
夏季的雨水在排水沟里流出城外
这些树木仿佛停止了生长

阳光从叶片间落下来
有时落在年轻女孩或者中年妇女的遮阳伞上
有时被下面的叶片接住
马路对面的蛋糕店里，坐着一对恋人

过往的车辆惊到了麻雀
它们扑棱棱飞上了半天空
然后落在城市外的几棵老杨树上

蚂蚁也常常受到惊吓
扔掉食物，开始相互拥挤
只是左边的被挤到了右边
右边的被挤到了左边

人间平安

今日晴。老树加快了抽芽
夜雨冲走了灰尘
也洗净了路上的血迹
仿佛平安路上并没有发生车祸

那个趴在车轮下不动的女人
已经从菜市场买菜回来
正给他的丈夫和孩子准备早餐

动物园里老虎狮子刚刚被一只活羊喂饱
它们会安静好几天
会去柔软无比的草地上散步
天下无事。人间这几日，都晴

木质楼梯

更喜欢这木质楼梯
“咚咚”的声音
撞击着耳膜
仿佛在向一棵树敲门
打开门，里面有阳光、花香、鸟鸣
还有半塘池水

当然这都是我从一楼到五楼
想象的
它已经被沥干水分
摘去刺，并且刷上了油漆
不再开枝散叶，圈出年轮
而我能做的
就是每走一步都小心翼翼
生怕一不小心
就听到了谁的呼吸

我依然有父亲

北山有榛子树，有蘑菇
有爱吃松果的小松鼠
有蓝色龙胆草花

它们合理分配雨水，阳光
每天都微笑着打招呼

我的父亲也住在这里
这个时候，他一定很忙
种了豆角，种茄子
种了辣椒，种西红柿

我的父亲真的很忙
以至于我喊了声“爸爸”
他都没顾得上答应

空瓶子

桌上的玻璃瓶，奇怪地空着
其实可以插几枝花
像旁边装蜂蜜、糖果
的瓶瓶罐罐一样

或者盛点水也好
尽管也是透明的
至少不会
显得太空

总要装点什么才好
可是装点什么呢
空瓶子
就那么奇怪地
一直空着

气球

首先得有只气球
然后得给它充满氢气
再然后，得用绳子把口子扎紧
绳子的另一头
得有只小手牵着

只有这样
气球在空中飘来飘去
才会有飞翔的样子

灰鸽子

屋顶上那只灰鸽子
一定会觉得
对面阳台上
打扮中庸的我
不黑不白
和它一样

它的样子
也让我觉得
广场上那些
白鸽子、黑鸽子、花鸽子
其实都是灰鸽子

这个集体主义者
短暂地
飞离广场
只是为了看到我
然后失望地飞回去

铜湾的老阳台

在那里看过星星
在那里想过一个人
白天闲的时候
在那里泡过茶
读过一些
已经忘了的诗
没有办法
很多事情
后来都忘了
只记得楼下的夹竹桃

一直在使劲开
像少年啊
认真的美好和忧伤

阳台上的常春藤

这是个固执的家伙，一年四季都是绿的
不知道要与世界合拍
不知道该落叶就要落叶
除非它死了

死也不是那么容易
这家伙插在土里就能活
给点水就能活很久
这是它的短处，不能说死就死

它的长处是不怎么开花
开花也不起眼
容易让人忘记
它还独自活着

就是这样一个沉默的家伙
居然长了手掌形的叶子
很多个失眠的夜里
我到阳台上抽烟
看见它在风里
悄悄给自己鼓掌

在五月

五月就快过去了，回想一下
整个月都不知道干了些什么
其实四月也一样

其实去年，也差不多
其实很多年前
我写过这么几句诗
时至今日
还没有找到
合适的结尾

带你去山顶

吃过晚饭后
带你去山顶看星星
看山下的灯火

天气不好
没什么关系
到了山顶再说
星空和人间
都值得等待

山上风凉
也不用担心
山顶除了风还有我

夜飞机

像很多年前，萤火虫在星空下闪
像很多年后的今夜，疲惫而失眠的旅人
在半空中
反复拉拽灯绳

像此刻，我的烟头
在午夜的站前广场忽明忽暗

当然，它是应该更像飞机的
不远处的一个小女孩首先发现了
她惊喜地拉着妈妈说
妈妈，看
天上有飞机

蓝色只代表蓝色

蓝色这种颜色，通常会让人想到大海
安静，辽阔，美丽又神秘
小学时美术老师
就告诉我们
需要给大海涂上蓝色的颜料

那天你长大了，坐在海边哭
你发现近处的海水
是浑浊而不安的
你发现
大海只代表大海
蓝色只代表蓝色

爸爸

爸爸，你走之后
我就失去了女孩和女儿的身份
作为一个女人
在这空荡荡的世上
在另外一个家庭
活着

我经常梦见你
穿蓝咔叽春装的模样
笨重的石子一样的纽扣 压着你
你是个胖子
你是个好人
还有你的日记本
和你水袖般挥舞笔记的旧书
犹如写给生活的一封
赤裸裸的情书

清明我不敢去你的墓地
怕遇见熟人
怕遇见你的弟弟和妹妹
许多年 我已羞于说话
甚至，不再相信虚空的语言
木讷得如同你小屋前的大理石碑
碑上刻有我的乳名
那个户口本
是我和你在一起的
唯一凭证

关节炎

从九棵树来　到苹果园去
这次迁徙
只是迁徙中的迁徙
古铜色的面庞以及地铁站牌
涂抹了他们故园的气息

牛仔裤保暖结实
适合摔打和过冬
儿子军训后扔掉的迷彩服
生长着离愁的写意

这不是一次短暂的访问
也不仅仅只涉及镰刀与铁锤

白天于高楼间飞檐走壁
不需要身怀绝技
只需不断攀爬
或者也曾胆怯地俯视
黑夜在地底下酣睡
梦中的建筑物
是些驮着歌声的积木
天空变成大地

就这样
一枚枚坚硬的种子
滑落手心
从铁锤的骨髓嵌入城市的缝隙

从苹果园来　到九棵树去
这次迁徙
没有悲伤和刻骨铭心
只是为什么
某年某月的某个梅雨时节

他们停留过的角落
会隐隐作痛

加冰可乐

给我来杯可乐
加冰
对

就像在黑色的河流里
狠狠砸进几块石头
狠狠地
我要看这石头
如何慢慢失去棱角
和自己

在老家

突然发现
从早到晚一整天
我都没有穿
文胸

原来在老家
就是把捆绑的放松
就是缴械
让城池失守
就是做一个
弃了盔甲的人

傅曼殊 的诗

FU MANSHU

短歌

每一观念都如一株树，
每一株树都有供养人，
围绕着施主有园丁与朝圣者
武士与江湖艺人，
自然也有智者
在一箭之地外于树荫下结庐安歇。
但我的道理暧昧不明
不足以献与任何一人：
未饰以金匮玉匣不能讽诵于王庭，
亦不铿锵高亢以得志于酒肆，
于情人为寡淡，
为僧侣所鄙弃，
富者微笑，
贫者蹙眉。
（但有时亦能饮上一两口，
但愿老天慈悲！）
人们常有着知识、教养、经验且读书以穷理，
人们总是富有着远见！
我但愿各人都有着他相配的事物相随，
我也能驾着货车
漫无目的
像云朵
若朝霞夕晖
采集荒岭上无人拾取的美景
研磨，捣碎
只供做一日的苦药
加以吞咽。

自白

说书人抛下了皮鼓后披上了大氅
用不熟的外语结巴地讨着小票：
而凡人皆想成为自己所不是的，
想用歌女的嗓子
宠溺地唱
拿着借来的地球仪挑拣来世的方向。
而我
我并没有什么可以埋怨的，
我没有多余的话题可说，
我所期待的也从未曾高过任一朵兰花。
那么，这样，我的爱人
你就要低声地唱，
我也就止住抗辩
任凭人们借着他们青睐的名字叫唤我
控诉我，
因为兰花并不能分辨他何以为兰，
而人一辈子
也不能证成
他何以踟蹰于所在的地方。

吉祥的歌

你唱，然后唱，然后人们唱，
然后人们能鼓掌，然后有一条小路，
然后会有一条小路到山上。
在年历的吉兆底下，会有一条小路
蜿蜒，然后能到山上。
在年历的缝隙间，有条小路，
星星会说吉兆。
然后你说，然后人们说，
然后人们都说种种迹象是吉兆。
如果能有一条小路，通到山上，人们就会说

日子正好。然后种种的迹象都说。
你的猜想，简单朴实，没有意外，
没有额外的火光。
正像太阳的悬吊。
正像太阳被悬吊在山上。

往生咒

年岁像是瓶里将倾尽的蜜，
几次沉浮，难以脱出。
烦恼多如蚁群，溺于蜜中。

雾的内面里有墓道上的杂草
在荒野外的山侧的山上，远离人迹，
在倾尽年岁亦难以望见的雾里。

雾里的杂草，如同梦中南国的珊瑚，
可爱稀少，
如翡翠碧绿，如死者有时能庄严地梦见生者的意趣。

有忘记在梦里的
为饱尝困苦的水手所梦见的，蜜所积成的一片又一片的海洋，
并且一度梦想

一只黄金雕成的小舟，扶摇而上天宫。满盛珠宝。无数水鸭将生出如檀香般环绕。

幽居

模拟死亡，人在死前总要反复哀号，
打破歌声的平衡，先要停止反复播放。
恳求只发生一次的事情，就像恳求奇迹，
剖开自己的胸腔，让邻座的梦想灌入：
你邻座削铅笔的媚态轻巧可爱。

梦想一种纯净的声音，就像陌生人在街上呼喊你的名字，
你回过头来街灯下却空无一物。
年老者妒忌着魔的人如硫酸一般销蚀过去。

便笺

在灯下阅读，劳苦与自由各在一边，
许诺着博大的谎言。（博大似海洋）

在失眠的夜里，你不熄灯，
愿所说的一切明亮，宽敞，好似童谣般确切。

悬置

困难在于怎么跨过判断到达某一确定的状态
经历必然的跌跌撞撞而后从楼梯上滑落下去
脱去夜里无谓只可供壮胆的口哨……
停止学习，然后看。

错误同疑惑都非君子所雅言。
我的朋友们聚集在门前向锁孔低语，
屏息以至于近似邪祟崇拜的仪式手势
并为可能与可能的种种低哼小调加冕。

苦寒行

每一株榕树所魂牵梦萦的，都是高耸的针叶林，
一夜间到来南国的侏儒从未梦见的雪
黑黢黢地指引忧伤致死的少女
在炉边添柴。
雨后又有雨在凌晨三点。
为我的恐怖杀死母亲而后颤抖地嘉勉。

烧去我每封未寄达的信与精斑与粉尘。
祖上的圣人如同须弥山般挺拔的阴影与神踩踏
我困窘艰难地如此驻足于墙薛与混凝土平房相推攘堆积
而天书的墨渍定要在那处刺杀我。
我并认不出。
在无人的礼堂间神们只习练痛哭。
草木如同金石也未曾一起唱歌。

蒋艳 的诗

JIANG YAN

墙说

时空对着一面墙说，
你把我画下来吧
伤痕对着一面墙说：
你把我画下来吧。
人类偶尔抬起头，
目光停留在墙面，
看着枝叶长成它的发须。

灯光对着墙说：
你把我画下来吧
投影对着墙说：
你把我画下来吧
人类对着墙说：
我不需要你将我画下来，
是我建造了你，
可以让你生，让你死。

墙说：
我画出了众多事物，也画出了我，
还有除了这些之外的
新仇旧恨。人类，
让我画下你们吧，
看能看到什么，
或者永久地留下我。

你是甘霖

你是碎裂的玻璃球，
触碰便弹开，融入便如

我的干涸获得甘霖，
你是甘霖。

你重复，重复使你闪光，
我闭上嘴，不说出，绝望。
咕咕，从视线顶出。

草呀，树呀，泉呀，石斑，
匆忙跳闪，如你顽皮的跳闪，
雨，回到万物。

抒写雨

你，到来，得到人们的呼应，
与情绪同步，或守住悲伤。
我们的爱，相同。
你的到来，拉回一颗耕犁的心，
按住钟鼓，飘浮的梦境。
你的到来有强心剂的妥帖，
让我回到俗世，感谢自己，
得到余生的原谅。

谢谢你呀

如果，我解开了
绳索，扔你到天上，
你信吗？

如果，你是多么好，
我说给你听，
你快乐吗？

如果，我怎么说你，你也
不生气，热乎乎的

照耀我，你甜蜜吗？

好吧！
有云遮住，你着急，
左突右冒，赶快出来
热乎乎的照耀。

你有耐心，很热了，
快躲起来，
没一会儿，又出来，
热乎乎的照耀。

谢谢你呀，一直热乎乎地陪着我，
太阳。

树下

棕榈树和菜香源饭店，搀扶着，
不动声色，空地、
阴影地、若干椅子连在一起。

半老徐娘、年轻姑娘、
长满胡楂的汉子，搀扶着
内心的空地和阴影地。

树下，银发、束两麻花辫、
穿无袖褂子的胖女人，稳坐藤椅里，
她鬼画桃符，他们等待奇迹发生。

接住

树看向天空，你看向天空，
你们都看向天空。

天空的白云、乌云，噤声，
一只鸟飞过，
接住注视的眼神。

一阵风抓住几滴雨的
忧伤，树叶不让更多的眼睛接住
更多的忧伤。

说到风

有人说到风、寺庙，
风便安静下来。
暮鼓晨钟，
转经筒还在手边，不要说风。

草木有安静的灵魂，蚁穴埋深众生。
我有片刻的不安之尘，
光照迟钝，
就像叶片抽打整洁的路面。

风起了，我还在原地，
不叹凌乱，也不把风口浪尖
推至眼前。

生活的苹果

短途出门，我愿意乘坐公交车
再步行。
观看人流如织，车行如沸。
我小心地走在他们中间，
我已不复存在，成为时辰或者空洞，
顺从地跟了他们。
有时，在前方晃过的
迟疑或者焦容，仿佛钝了的

刀斧迟迟不能劈开坚硬的果核。
有时是后方小片喜悦或者娇健身姿，
仿佛前方有未开启的秘密之锁，
等待石头扔进水中泛出好看的水花。
当我和他们平行时，
我们才是一类，才能感到
生活的苹果饱满、适度的酸甜。

适度地飞

从珠江花园下车，步行十余米
便能到达长江边，此路少有人阅览。
沿江，从龙凤寺到九龙滩，
此路被很多人截取光阴。
我的行走，总能遇到三三两两的情侣，
他们自带甜蜜，并适度地飞。
如果在夜晚，我想他们会
好看得如溶溶的月色。
而我总能在此刻柔软下来，
倾听带光的虫声，和草木欢欣的窃窃。
那些一动未动的，比如，
广告牌、栅栏、石崖，它们
被夜色缩紧，仅仅为了不愿
透露周身的狼藉。这是糟糕的，
不是么。
在诸多工整的外表下，藏着多少
不堪的心。

大海子湖畔

我环大海子湖畔一周，树木
簇拥着朝湖水赶去。树叶
摇晃，仿佛某种舞蹈，

在光斑的聚灯下，沙沙响。
湖泊的镜面照着它们，集体湿身。
枯木，倒在树丛，躺在路边，
立在水域，如同醉酒的人，
拉开与绳索的距离，向湖水的
朝拜而去。我看向湖面的自己，
有雪落进雪的双眸，影子在影子中挣扎。
从潮湿的气息里，抽出身，
我的衣角未干，脚底布满水，
湖畔的噤声齐齐迎向我，头顶的幕布，
又向波光移去，它们
在波光的挣扎中慢慢醒来。

孙启放 的诗

SUN QIFANG

柳永

无畏不需要辩护。
杨柳和残月可一把
小令、慢词仅盈盈一握；
诅咒可一把
夕阳每日一次的垂亡。
这耗而不尽的青春
这老来不分东西的飘摇。
变与不变
衰老具备的加速度
催促者的心慌。
文牍莫如心得啊
风景从来不分墙内外
什么样的心胸可配享自由？
哦，请重新发一次牌
时间，是需要我来照顾的
美人和酒
均可一试

庄周

“弄啥呢！”
庄子的蒙城口音比较重
蝴蝶吓了一跳

她所梦到的庄子是一头瞌睡的鲸。
庄子不会飞。他使劲睁开眼
慢慢意识到，远远露出海面的
是自己的尾部

地球，是一只水球。

李叔同

开元寺的桑莲花又一度开放
张爱玲说：弘一的墙外
我是谦卑的。

“悲欣交集。”
多好的世界啊
确实，值得一弃！

梁启超

维新，康党的衣带诏何在？
饮冰室尚存。
婚礼，证婚词声色俱厉
志摩兄的硬白领被汗水浸湿。

巨大的游戏
峥嵘啊！横扫千军万马的笔。
生与死，均不排斥
只是可惜了右边的那只肾！
批评者的批评
呈现出
硬币的另一面。

帝门可破
师门亦可破
清华园一方沃土气象万千。

记得他强韧的筋骨。
记得他呼唤的少年之中国
和他一样
有明亮而宽阔的脑门。

胡适

飞扬的温暖。新思想中的旧道德
风气之先，自由之心性
他看到民间升腾的水汽
连绵不断的惊喜。
哲人，总是陷于自己的哲学之中

作为靶子也是一种荣幸。
小册子专家
蝴蝶和兰草
没有什么是已知的。
“适之，我亲爱的朋友”
北大红楼的红，有时是绯红。

民主，只是一种生活习惯。
他晚年的避让
来源于一隅的贫瘠吗？
还能比曾经的自己更优秀？
这乐观主义者不语的悲伤
微量而又真实存在。

法度

世界，无非由我及我之外构成。
事物蜂拥万古茫然
一切都会发生正在发生。
我立于镜面前
与这正邪间的世界交换各自影像
我只能以已度万物
若非，何以为度？

我不用汉语写诗

诗是语言的吗？
那些深藏幽冥中的鬼魂
语言，能够奈她几何？
你用钉子
能固定住幻变的流云吗？
语言的能力
总是在诗远行的背影中无奈。
我从来不用汉语写诗；
我只是我的翻译
把另一个我
从人类共有的意识中
艰难又破碎地剥离出来。

明天深不可测

崭新源于明天。
万物如常吗？
我们虚构明天的鸟鸣
是旧的。
一厢情愿。而鸟鸣
确实妨碍了
我们在崖壁上的立足
那么多失足者
迷恋鸟的仿生学家
长出失败的翅膀
他们最终
把喙从人脸上扯下来。
没有谁丈量出
下一声鸟鸣的底细。
过往可以复制，而经验
必然被打破。

明天深不可测
明天的鸟鸣永不可知。

释义

我时常梦见琳琅满目的超市
人性的货架上空无一物。
如果拂袖而去
暗示我捍卫了愚蠢
这和捍卫真理又有什么区别？
世界缩小成一枚芯片
我们被强暴；
我时常梦见自己
就是一枚芯片的构成部分
而纳米之梦无有亲疏。
我时常梦见一间古老的房间
一根古老蜡烛微弱的黑色光芒
斑驳的墙壁上
投下我白色的影子。
可以建立起“定量状态”吗？
啊，亲爱的弗洛伊德
梦是一切的源头
而我终将背弃，终将在梦中失踪。

姜桦 的诗

JIANG HUA

生于一九六四

多年以后，我的嘴巴
还留有少年野菜的苦味
在冰冷的雪地练习爬行
我也在春风中学会掉头

黑夜，生活赐予我的歌声
在该长个子的时候没长个
我学会让这血液，比别人
更多了一些，光芒和盐

雨水自有心意

一场雨水使草木泛绿
石头变软，所有枯死的
植物，摇摇晃晃，获得新生
它还缝补起被生活撕开的
血淋淋的伤口，那被爱情
扯掉的活生生的皮肉

春天，替大地
说出无法抵达的秘密
一切的愿望因为雨水而达成
一切的心，因为一场雨水
获得体恤和慰藉

中秋月

枕边白雪连着远处山冈
月光修改掉了整座榛树林

石榴和草莓的忧郁之诗
少女的胸脯塞满野木槿

手指间渗出的薄荷的清香
新摘的菱角铺着一地忧伤

芝麻胸前紧系的双排扣
昨夜的衣襟曾被谁解开？

跟着月亮学会搬运光和草药香
多年前，我已经被自己哀悼过

暮霭

一只鸟，如此，匆匆忙忙
怎样才能躲过自己的痕迹？

我已有许多年不再做梦了
今天，这些年仅有的一次

你豌豆花的睫毛压着我的脸颊
醒来，我看见的你模糊而遥远

只能借星星留住旧时光里的水草
用诗句，稳住你唇边消逝的暮霭

印花玻璃

一朵桃花跌坐在一块玻璃上
花瓣裂开巨大的空心

透明的玻璃，空心的桃花
有人，在往里面，填字

填露水，填星星
填黑暗，填叹息

一个夜晚，一群
水珠从背后绕过来

两颗不停翻滚的水珠
印花的玻璃一直反剪双手

目击者

月亮这只朴素的虫子
星星，密布天空的小神仙
蜗牛在天空留下柔软的刻度

一粒嫩芽长成的种子
一条小河流成的大海
胸中的石头只从侧面发光

生活，一面湖泊，可能
在某个夜晚露出河床和湖底
但它不再交出一颗多余的石子

不要责备，我的
诗歌从不缺少苦难，你不察觉
仅仅因为你缺少一颗受过伤的心

留住

留住沉默寡言的稻谷
那藏在稻谷中的汗水

留住爱屋及乌的石头
留住石头上倔强的父亲

留下脚印，一个人的死亡之所
乡愁的蔚蓝往往始于一场病痛

有时候，我只在青草的墓地旁坐着，
不说话，是我不愿意打扰我的亲人

月光百合

百合的花瓣是水银做的
它朝月亮倾下了45度角

她往一只大海碗里倒酒
月光停在她透明的舌尖

风中的百合，花瓣落下来
一路滑向秋天新鲜的嘴唇

不必记得一朵花的故乡姓氏
我只记得多年前的偶然相逢

回忆

慢慢，日子被推回到从前——
记忆深处那纸页泛黄的旧时光
手持一把蕾丝鹅黄的折叠伞
花朵边缘的那个人，是不是你

所有的印象只源于那个下午
秋日斜阳里的一扇门帘挑动

你手扶门环的动作唤醒了我
心底，沉默的银饰回声叮当

许多年过后，你我再次相逢
初夏的风轻轻吹过那片花朵
让一粒雨滴乘风飘起，一记雷霆
就这样，叩响我日渐空旷的心

Chinese 汉诗 Poetry

诗歌地理

Poets Geography

张 战 作品

刘茁松·关于张战诗歌的一些话

潘新安 作品

沈健·“高富路 118 号”：一个“活在途中”的可能的诗学遗址

张战

张战，湖南长沙人。湖南第一师范学院文学与新闻传播学院副教授，中国作家协会会员。参加第十三届（1995 年）青春诗会，出版有诗集《黑色糖果屋》《陌生人》《写给人类孩子的诗》。

张战作品

代表作（10首）

鱼

大青鱼、麻鲢、草鱼
油叼子、翘白、针嘴鱼

渔网在哪里罩落
鱼就会在哪里

一种鱼叫半边屎
脊下有一道蓝弧光
圆肚子软得像水豆腐
轻轻一挤
身子去了大半
三三妈一挤一丢
一会儿就是一大桶
晒干冬天炒辣椒吃

五月吃银鱼
瓷勺子舀起来
皓皓之白如月光
屈原沉江时丢下的粽子
糯米化成了小银鱼

七月从六门闸买两条大青鱼
我和哥哥用竹扁担抬回家
湿麻绳儿打一个死死的结
鱼嘴穿进去，鱼鳃穿出来
再从另一边鱼鳃穿进去
鱼嘴里绕出来

我八岁，哥哥十岁
我在前，哥哥在后

扁担下悬着两条鱼
傍晚了
青鱼脊背和天色一样了
青鱼拼命跳着舞
尾巴啪啪打我的背

我的背上有闪电的痛
我的同学周炳言
这个夏天淹死在洞庭湖
后来他睡在门板上
他妈妈疯了
光着脚在湖边喊
我的儿
梳梳你的头
转转你的眼睛

鱼后来就安静了
我们都隐没到夜色里

买

我什么都买
在我最软弱的时候
黑色丝巾，刺绣麻布靠垫
一个小牙签罐，仿古烛台
买下哑铃，竹编废纸篓
融化的冰淇淋，不爱吃的水饺
一打纸巾，一箱牛奶
裙子，鞋子，街角乞丐的讨钱筒
我以买主的身份走向它
买下我吧，其实我在说
买下我的软弱，怀疑，厌倦
我每时每刻必须做的不情愿的选择
买下我将有的眼睛下的黑圈

手背上的斑纹
无法入眠的长夜
下巴流淌的菜汁

买下吧，买下吧
买下我无力移开的墙壁
网里唱不出歌的鱼
幽闭在碗盏中从未释放过的大笑
我必须咬碎咽下的石头
买下我的结局，我的开始
我盲人一样的命运
买下对我的怜悯，对所有人的怜悯
万物皆有归宿
哪怕一粒微尘

苦艾

自父亲病
我嘴里总有苦艾味道

傍晚五点四十五分
路灯刚亮
我去买更多甜食

贝果、魔鬼蛋糕、巧克力雪球
泡芙、戒指饼干、干果派
蛋挞、布丁、布朗尼

在医院
我轻轻搂着父亲肩膀
他是一只薄胎瓷酒盅
布满浅褐裂纹
他的胳膊
羽毛一样轻

我暗暗轻轻用力
不让他飞走

母亲留下来陪护
我回父母的家
给他们做饭

剥着蚕豆
烧芦笋
我时时有幻觉
门外脚步
是父母说笑着上楼
说："我回来啦"

儿子小的时候
就是这样，常常的
我做饭，哼歌
听儿子回来咚咚的脚步声
然后是粗鲁地一声大叫
"我回来了——"

真想父母能变成我的孩子
变成孩童
小婴儿
淘气，流口水
脏兮兮地回来

我把他们带大

我仰着脸
傻傻地问："人为什么要生病？"
每天，问很多次

我得不到回答

四月枞菌

刚下过雨
我跟着他上山
那里长着枞树，埋着死人
枞菌也长在那里

“去年吃了枞菌
今年又吃。
枞菌吃不完。”

“人也年年死不尽，也生不完。
观音菩萨劝人吃素，
年年把枞菌来送人。”

“吃了枞菌就再不想肉吃了。今天是不是观音菩萨生日？
那里好多坟，
你怕不怕？”

“我不怕。
小时我常一个人在坟边玩，
有次看人挖坟，
天黑了还不回家，
挖坟的人丢给我一块血浸玉
是一个琮。”

“什么琮？”
突然他站住了
像一只狗
仰起脸皱起鼻子来嗅

“那边，我听到了
枞菌的气味
那棵老枞树下。”

“看到一瓣，枞菌跟伴。
晚饭有得一碗了。”
他笑起来也是一双悲哀的眼睛
轻轻划开枞毛
他弯下腰去

捏住根轻轻一提
枞菌的脚踝脆弱

“要是枞菌没被人找到会怎样？”
“牛把它们吃掉，
要不就死掉，明年又生。”
又下起雨来
雨比枞菌还古老吗

鹿

一只鹿
平常它总是
在我心头吃草
温顺地蜷伏在我胸前
但是它企图越过围墙　挂在了铁丝网上
它会自行死去
鹿只要掉入陷阱
心脏就会爆裂

漆黑稠密的夜
暗灰色的楼群
水泥砌的地
钢铁的甲虫
乌亮的眼睛四处闪动

一只鹿
出现在我的院子里

挂在了铁丝的围墙前
它不该将黝黑的楼群误作森林
它已死去
甚至不等待救助
这是一头真正的鹿
光滑的棕色皮毛
纯净天真的眼睛
自然的气息

你永不知道是否处在了危险中
你总会问
我怎么了
我在哪里
为什么会这样
但过失已经犯下
被钉牢在铁丝的尖刺上
温暖的血液
开出遮蔽天空的黑色花朵

只有很短的一个瞬间
你清楚地等待着心脏爆裂

鸟叫

因为鸟老是叫，所以我哭了
也许是同一只，也许是不同的许多只
它们的叫声抓住我
就像它们的爪
抓住身下的黑色树枝

夜里，人们在灯下面面相觑
握住我的手吧
原谅我们这些孩子般软弱的人

因为鸟老是叫，在夜里
树林闪着水淋淋的绿光
鸟儿啊
它的叫声
就是我受尽折磨的灵魂

蝉

整个夏天
我感到所有的蝉在我的体内鸣叫
当我在山间小路行走
我迈不动步子
承受不了它的重量

仿佛一颗颗黑色的石头聚集在体内
它们的鸣叫
又顽强又狂躁

难道我就是紧裹着它们的夏天
丝一样的皮肤
一个巨大的不透明的茧
这些痛苦的昆虫
是否想以声音作为凿子
最终把夏天凿穿

西藏十章（其二、其三）

其二

唐古拉的茫茫冰川
平展柔软
风吹不动

像父亲写字用的宣纸

晚年
他喜欢半熟宣
快瞎了
却只写小楷

“爹爹，写得真好！”
“看不见了呢，瞎了。
摸着写。”

青筋暴露的手
拈笔
像拈着花

为我写过《金刚经》
非常非常安静的字

其三

我已流了太多泪水
我记得爹爹临走前那一个傍晚
我们和他告别
隔着玻璃窗
他向我们扬手致意
这一次
他忘记了向我们笑
他的手掌惨白
眼神凄恐

菩萨
如果一颗钉在墙上的钉子松了
落下来
一面镜子碎了

映在它上面的脸更碎
为什么我们不哭

为什么你要让我们害怕
当我们的亲人，我们自己
一点一点没入暗影
渐渐吞噬掉我们的脚趾、小腿、膝盖
我们又怎能
若无其事把茶杯端到嘴边
啜饮那清香的茶汁
那圆圆的杯口
像不像一把环形的刀

顺从于我们脖上的拴颈环
我们熟练地在箍嘴套后微笑
我们说谢谢，谢谢
我们一生的野心、挣扎、卑微、忏悔
最后，我们还是被带到那扇门前

爹爹，爹爹
你为什么要害怕

这让我无法安眠

在大昭寺
我跟着一个转经的女人
太阳使我眯缝起眼
她后面跟着她的孩子
赤脚，流着鼻涕
又冻又饿
嘴唇乌青

菩萨
我该不该蹲下来擦干净她脸上的鼻涕
去给这孩子买一双鞋

在布达拉宫
人们匍匐在你脚下
数不清你眉宇间镶嵌了多少颗珍珠宝石
如果我仰头
如果我数清了
会不会得到一个答案

如果我的心也是一块喜马拉雅山麓的白岩
菩萨的脸会不会自然显现
那时我能不能自己做画师和工匠
把你雕刻

所以呀菩萨
你有你的庄严和悲悯
我有我的愚钝和固执

原谅我菩萨
以我自己的转经方式

陌生人

这是我的厨房
这是我的餐桌
陌生人
我请你坐下
坐在这张老榆木桌旁
抽着烟
安心地等
我为你做一顿晚饭

撒些盐
滴两滴醋
煎几个鸡蛋
热油大火

我轻翻锅铲
把它卷成一团鹅黄的云

清炒白菜薹
叶尖还带着露水
脆生生的秆
轻托着一簇绿火焰

啊陌生人
我不问你从哪里来
我不问你心里的恐惧
像河沙藏在深河底
我不问你为何忘了自己姓名
为何会敲了我的门
坐在这里
你不安的手指
像刚逃出箭阵的哀鸟

我也不会说出我心里的怕
我的怕是水里的蝴蝶
石头里的鱼
我的怕是一根穿不过针孔的线头
我看着那些伤口
无法缝补

啊陌生人
你吃
你喝
然后你走
这样的日子
神仙都惶然失措
你也继续你踉跄的脚步吧

然后我关上门
我哭

哭那些被鸟吃掉了名字的人
被月亮割掉了影子的人
被大雨洗得没有了颜色的人
那些被我们忘记了的人

近作（10首）

喝了一碗鹅汤

想尝尝鹅菜的味道呀
白米粥里放点鹅菜多么清香
用粗陶的锅子慢煮着
田埂上挨着鹅菜长的是莎草和马绊筋

我抱过一头吃鹅菜长大的大白鹅
它结实，沉重，雪白
带着暖扑扑的尘土气

那时在菜园里
萝卜缨抖了抖细手掌一样的叶子
这只公鹅，用力把我一蹬
我站立不住差点儿摔倒

喝了鹅汤身上就暖和了
深秋的雨凉转寒了
抱大白鹅时我像抱一个男子
我赞颂它美壮有力

然而喝鹅汤的时候还是喝着鹅汤了

同样虔诚地赞美鹅汤清甜的啊
一只碗就这样满了又空了

吃火锅的人来了吗

总有一个地方
那里你不能去啊
但是这里没有门
你不用去就进去了

摆上桌一大盘刚剁好的鸡肉
吃火锅的人来了吗
在台阶上摔了一跤的人来了吗
灵魂出窍的人来了吗

被眼泪砸疼的人来了吗
像黑糖一样甜的人来了吗
每本书都只能读到第十页的人来了吗
天天想着自己会怎样死去什么时候死的人来了吗

白炽电灯亮着
白蘑菇帽子一样浮着
每个人面前的小火锅里
西红柿伸出了红舌头

活着才有一切哪
死了真的什么也不知道了吗
不知道的话
那也就并没有什么死啊

那个天天想着自己会怎样死去什么时候死的人
想告诉他，有一个叫“突然”的词多么可爱啊
比“突然”这个词更可爱的是“不知不觉”
比“不知不觉”更可爱的是“视死如归”

大落地玻璃窗外绿莹莹
芋叶们在那里招摇
我拿它来煮汤吧
我拿它来插花吧

如果甜不能吃还有什么可吃

好吃的东西都甜
红薯悬在屋檐下被风吹甜
收割后稻田里稻茬秆好甜
巴茅草的白根那女孩子嚼
她做了母亲后乳汁甜

人和影子分开睡后做的梦甜
75% 的黑夜加 25% 的月亮做成巧克力好甜
苦舌头上的毒药甜
空衣袋里还藏着一点点羞耻
那一撮碎星星的尘屑甜

挨过你衣角的那只手甜
全心全意爱不了解的人
用尽全力抱紧不存在的人
一触即燃的水啊
好甜

和谁一起看拂晓时的月亮

我一定要说的话
是关于那只撞上玻璃的鸟

夜晚有人不肯拉上窗帘
那树枝一样的灯让我撞上玻璃了

月光下她的脸是蓝色的
困惑的女人在窗玻璃上留下三根羽毛

不要让你的眼泪只为自己流啊
梧桐树的叶子越落越快
叶子坠落时的金色弧线
我也曾飞出来过

揪着我的尾巴把我从梦里拖出来
去看拂晓的月亮吧
月亮冰片一样清冷
指着月亮的手指暖和

瀑

瀑布是一个女人
有你想象不到的力量

当她是个小女孩
红桦树根旁
青苔下渗出第一滴水

当她是少女
小溪

长成妇人
银河丰满
白猫脊背柔软

她不紧不慢
明眸闪闪
笑着喊甜，喊咸

不喊苦
苦啊，越来越沉的乳房
高高挺翘
藏在衣服底
扣子扣得紧

一部分渗入地底
努力咽下沙石

路过的草
不弯腰就可以吸吮她

太阳烧灼
她细瘦
有时从云，或雨
她找回了一点自己

也停留在巨石的缝隙
感恩着收留
清甜，安静
在山的影子里睡着又醒来
知道自己的脚踝
容易在巨石上碎裂

如线一缕
还要往前奔

她闭着眼睛
穿过黑夜与黎明
多少次
她看见夕阳变成奔涌的金流
跃身跳下天空的悬崖

她的天空在哪儿啊
那致命的一跃在喊她

把自己碎落的水都捡拾起来吧
浩大吧
所有伤痕都抚平吧

拔出脚跟
扑下来了

不要去接住她啊

关灯时刻

黑暗中看得见闪亮的事物
但是眼泪看不见

别的人咬牙忍泪
她轻轻咬着心

如果能有另一种痛代替这一种
那多好啊

月光下那棵梨树亮着
她在白天久久看过

那时有风，众树摇晃
独它稳住了

稳住啊，眼中有泪
不能落下

沅江

白鹭惊起时慌慌的
女人喊你时声音碎碎的

他唱着野山歌痛痛的
你要去的渡口
那里的青石板空空的

野鸭子生蛋青青的
风吹着野苇火
野苇的灰烬白白的

沅水流得笨笨的
它的声音是低低的

北斗

今夜北斗星柄朝着东哪
七粒星皆熠耀
七粒星皆是你的名字
我喊它们喊得这么痛
不知它们被我喊痛了没有
它们会不会也颤抖了一下
如烛火被风吹得更亮

我请北斗星用大勺
多舀去些我对你的爱
舀去吧舀去吧
再舀些再舀些
舀出去的请不要倾倒在地球上
它们会变成雨
云和露珠
或者眼泪
重新回到我心里来

都倾倒到银河里去吧
让银河去涨吧

我的心有裂隙三千
我有三道铁箍
箍扶得住这心的裂隙

阿尔泰向日葵

天上只有一朵向日葵
阿尔泰的向日葵成林成片

向日葵长得最饱满的时候
头垂得最低
脸上的光芒藏起来
眼睛收敛了所有星光
只看见棕黑的瞳仁

天上的向日葵也一样
饱满就低头
低到地平线

阿尔泰的向日葵是机器收割的
需要一双双人手
再把它插在向日葵秆上
仰脸向天

它们站立的姿势
是一根根直立的火柴棍
顶着焦黑的火柴头

2018年9月23日阿尔泰山晚霞

阿尔泰山的大盘羊转场的时候
阿尔泰天空的马群也转场了

傍晚 8 点 10 分
亿万匹红鬃马奔涌上天空的牧道
血色的风扑过天空
云朵落叶一样被踏碎了

暴烈的金红河流
嘶鸣起来

此刻阿尔泰山谷里
也汹涌着一条棕黄河流
挤挤挨挨的大盘羊转场
如河谷中累累相叠的鹅卵石移动
牧道上腾起尘土的絮片
仿佛黄雾弥盖着河面

黑巾蒙面的牧人
驱驰着摩托车追赶
系了红布条的鞭响
火焰一样燎过羊背

怀孕的母羊走得慢
一只小羊跪下了前蹄
牧人呼吸粗重
他听见了小羊的哀鸣
他的黑面罩下
有肝肠寸断的表情

为着远方的那一口水草
是谁驱赶着我们的命运
天上的马群啊
它们的秋季牧场在哪里

阿尔泰山脚下的牧道
一条被拉得长长的影子

天上的马群也奔涌过去了
金红的倒影投在阿尔泰山山尖
变成了温柔的玫瑰灰色

刘茁松

关于张战诗歌的一些话

2017 年，长沙的一些诗人在长沙雨花区一处会所里举行一次诗歌朗诵会。我在现场赠送的诗集（组织者事先印好了朗诵作品，印制很精美）中看到张战的一首诗，《买》，读后有些惊喜。这惊喜与现场气氛的亲切，让我战胜了自己在公众场合常有的犹豫。我跟主持人毛遂自荐说，等朗诵完她的《买》，我来做一个解读。主持人欣然同意。

“请允许我来炫耀一下我的学识。”我的解读这样开场了，因为我刚刚完成古籍整理项目《历代辞赋总汇》的出版，也因为我青春时代对于中国诗歌及其诗话的阅读。我觉得我可以用赋比兴三个字来赏析《买》的好处，解读《买》的意味。当然，我的解读，带有我个人的领悟，用中国诗话的说法，那是作者未必有此意，读者未必不可有此意。

诗歌的语言特点，是比兴的语言。写诗，要找到一个比喻。《买》找到了一个比喻，一个很生动，也深刻的比喻——买：

我什么都买
在我最软弱的时候

这种心情，相信很多人都有。我在长沙生活多年，我靠买书安慰我软弱的灵魂。且看我的同龄人的买：

黑色丝巾，刺绣麻布靠垫
一个小牙签罐，仿古烛台
买下哑铃，竹编废纸篓
融化的冰淇淋，不爱吃的水饺
一打纸巾，一箱牛奶
裙子，鞋子，街角乞丐的讨钱筒

我说，作者这是“赋”，是直叙的叙事，也可以看作“比”，看作象征。作者从黑色丝巾，兴奋地写到“裙子，鞋子，街角乞丐的讨钱筒”。“买”象征着容纳，所买的东西象征世界。我买，就是我容纳世界。《买》开头，以买起，以买承，然后一转：

我以买主的身份走向它
买下我吧，其实我在说
买下我的软弱，怀疑，厌倦
我每时每刻必须做的不情愿的选择

“买下我”，意味着请求世界容纳我；同时，也可以说是暗示我容纳我自己：

买下我将有的眼睛下的黑圈
手背上的斑纹
无法入眠的长夜
下巴流淌的菜汁

“手背上的斑纹”，我们五十岁以上的人，都在自己身上看到了。很不乐意，不愿意接受。诗人安慰我们——买下：

买下吧，买下吧
买下我无力移开的墙壁
网里唱不出歌的鱼
幽闭在碗盏中从未释放过的大笑
我必须咬碎咽下的石头

诗人不断地写“买”，这也就是“赋”。辞赋的赋，就是铺陈，铺开。诗人从“黑色的丝巾”赋到手上“黑色的斑纹”，到“咽下的石头”：

买下我的结局，我的开始
我盲人一样的命运
买下对我的怜悯，对所有人的怜悯
万物皆有归宿
哪怕一粒微尘

“万物皆有归宿”，最后的句子，相当于本诗起、承、转之后的合了。“万物”合并了一切，诗人容纳了一切。

一首《买》，让我认识了诗人——其实1999年我陪跃文兄在湖南省新华书店搞图书签售时，就认识她了，但是，这首诗，让我觉得她很陌生。买，这种动作，比我跟诗人打交道的机会多多了。买，我们都熟悉的活动，经过诗人的巧手，化作独一无二的陌生的诗歌。熟能生巧，巧能熟生（从钱锺书语中来：作文出新之道无他，但使文者野，使熟者生）啊。诗人取材，近取诸身，谁说诗一定在远方呢？

因此，2018年湖南文艺出版社出版了张战的诗集《陌生人》，我就暗下决心：写个读后感。

先转开说点别的。

我曾经是诗歌的悦读者。读诗的愉悦，无与伦比。“所谓伊人，在水一方”，诗就是伊人。在汉语的长江黄河那边，站着不少楚楚动人的伊人，让读者一往情深。中国古典诗歌与古代诗话的阅读，让我认同“意境”的审美判断。诗中有画、天然图画的汉语审美倾向，让我偏爱浑然天成之作。当代园林美学大师陈从周先生说，好的园林，虽由人作，宛若天开。我心目中的好诗，也是这样。我认为《买》就是这样的好诗。我觉得张战仅仅凭这一首诗也可以作为伊人，长在水一方。

诗是什么？诗是用文字吟咏性情的艺术。诗人是性情中人。张战性情特别近诗，或者说，她的性情就是诗。诗词歌赋，赋是什么？司马相如说：“一经一纬，一宫一商，此赋之迹也。赋家之心，苞括宇宙，总览人物，斯乃得之于内。”赋家之心，也就是诗家之心，就是博大的心：苞括宇宙，总览人物。“万物皆有归宿”，归于何处，归于诗。

《陌生人》这个书名，取自诗集中的同名诗。在这首诗的尾声，诗人如此写：

> 我哭
> 哭那些被鸟吃掉了名字的人
> 被月亮割掉了的影子的人
> 被大雨洗得没有了颜色的人
> 那些被我们忘记了的人
> 那些和我一样
> 跪下来活着
> 却一定要站着仰望星星的人

这样的诗句里，不是可以听到杜甫“大庇天下寒士俱欢颜”的性情么？

人是什么？人是灵与肉的集合体。《陌生人》集中，诗名里带“人”的，有《吃梦的女人》《给一个人的礼物》《龙猫一样的男人》《陌生人》《陌生人寄来的礼物》《诗人》六篇，不带“人”字而其实意指人的，很多，譬如《编号》。人人都有父亲，但是父亲与父亲不一样。看《编号》，我觉得作者的父亲，又熟悉，又陌生。说熟悉，是一代人一类人大同的命运。说陌生，是诗人写出来的命运，带有小异的色彩与笔墨。譬如：

> 但我确认肉体的恐惧才是真正的恐惧
> 怕痛，怕饿，怕冷，怕死
> 至于灵魂
> 我想灵魂只是生在腐草间的萤火虫
> 只有在它发亮的时你才能捕捉

我跟诗人以及我们的父亲也曾共同了一个时代的精神。这个时代轻视物质，忽视肉体。作为饥饿岁月之后出生的一代人，温饱问题基本解决的我们，比我们的父亲好一些，我们不曾怕饿——不，我不敢说诗人从没有怕饿过。毕竟，一本诗集，不能让我对作者熟悉得如数家珍。但是，诗人的句子，却像数家珍一样道出了生命的家底。萤火虫萤火虫，如今很少看到你的身影。有书说，萤火虫生出是生态环境美好的征兆。

我一直对“诗人”感到好奇。因为我不能写诗，几乎没写过诗。看《陌生人》诗集中的《诗人》，我明白诗人“总是像孩子那样说话”。我印象中的张战，给人以天真活泼的孩子的感觉。《心跳》这首诗，宛然童趣；《小河妈妈》，悠然童真。“大人者不失其赤子之心”，诗人都是这样的大人。但是，生命之色五色斑斓。张战明白生命的底色斑驳，所以“她相信爱情 / 就像一只橘子 / 可以握在手里”，“她更相信爱情 / 像橘子 / 不能放太久”（见《她相信爱情》）。虽然人在爱情里“就像铁屑 / 毫不犹豫扑向磁铁”（见《记梦》），“只是顾盼之下 / 真没有可以一起流血流泪的人啊”（见《与一株菊在田埂上散步》），而“春天刚刚出生 / 春天也举行葬礼”（见《现在你知道我为什么那么害怕狗》），婚后的“母亲坐在树荫下迷惑地望着/树荫把阳光又推远些/想想孩子的今后/也许会玩一些更残酷的游戏/不仅仅是把蚂蚱肢解/然后很快把它扔掉”（见《孩子》）。

说到这里，我明白了：假如用赋比兴三字来赏析张战的诗，那么，她的诗，主体是赋，就是直叙其事，有时候还直抒其情。

譬如《还乡》，“你走在故乡的田埂上/吓跑了一只母鸡/一脚踩在温暖的鸡粪里”，“我数一片银杉/它有四十九个齿叶”，这样富有诗意的叙事，《陌生人》里并不陌生。她的诗，也不缺少比兴。她的《九月》，从“一个小男孩在哭”他丢失的书包，“兴”到诗人“我也在找我丢失的东西”；《陌生人》中的比，譬如“笑得轻/像一触即散的蒲公英”（见《我只对你胡说八道》），“我的双手/像两只陌生的鸟不知该往哪里飞”（见《不要》），“我声音犹如光滑的舌头/舔着时光”（见《永无岛上的彼得·潘》），“它露出地面的根脉/就像你的锁骨（见《我在哪里》），等等，都五岳独秀南岳如飞。诗人还有些出色的隐喻的写法：“生活是块水泥地/有时冰冷/有时滚烫”《龙猫一样的男人》），“我们这些城市屋檐下的盆栽/喝不到露水”（见《镇远记事》），“你，我的天使/在我最渴的时候/你打翻我的水杯”（见《所以爱》）。有时候，诗人会重复使用她偏爱的那些精美的比喻；有时候，诗人顺手写出比较平庸的比喻，希望她能战胜这一弱点。

张战的诗有较强的叙事色彩，她的人有很浓烈的个性情怀。她对于叙事的爱好，她对于朴素的倾心，有时候让她在将意味深长的事转化为韵味十足的诗时，还不够锤炼字句；她的浓烈的感情冲动，偶尔也冲破了诗艺的禁忌，诗句过于直白裸露，或者概念化。她的跳跃的思路，偶尔也让作品整体的布局显得有些游兵散勇。她有些呐喊，“我需要翻出唐诗大声朗诵《侠客行》/以此度过这无血的夜晚”（见《素描》），也有点彷徨，“整一个下午我在每棵树下徘徊/茫然得像这个秋天”（见《九月》），她茫然得“我不知我丢了什么/或者并不是我丢失的/是我从来就不曾有”（见《九月》）。是的，彷徨，茫然，我们都有。四十而不惑，那是春秋一般景色斑驳的古代，而我们是身在冬夏一样剧变的现代啊。

我不是诗人，更不是诗评家，请原谅我只能谈一些阅读的感受，说一点读后的点评。我的话不能遍及诗集的全面，也未能涉及诗集文心的线索。我只是写一些诗作边上的点评。这里我要说说《陌生人》诗集终点的《编号》。

《编号》是《陌生人》中最让人陌生的一首诗。写法不俗，意味深长。这首诗可以命名为“个人史诗”。陈寅恪说，一个字就是一部文化史。那么，一个人也可以写成一部史诗。读这首诗，不仅让我们明白诗人的父亲，还可以知晓诗人的亲戚，以及诗人自己，又及亲如一家的众生。“不到潇湘岂有诗”，潇湘是离别的意象。江淹《别赋》开篇云：“黯然销魂者，惟别而已矣。”赋如此，诗亦然。杜甫《赠卫八处士》说“人生不相见，动如参与商”，《兰亭集序》说“死生亦大”，都包括生离死别。人生真是“相见时难别亦难”。《编号》咏叹父亲在变革的时代经历的离合的一生。“我不明白我一生真正的悲喜”，“我从不懂我一生真正的悲喜”，作为代言人，作者为父亲反复述说他的心痛。他失去了自己，失去了表达自我的语言。人之将死，其言也善，而百善诚为先。父亲在死亡的门前，走进心灵的深处，发出自己的“天问”：“一个人活着，究竟有没有灵魂？”而我的“离骚”，超越了屈原的自省，他不是“路漫漫其修远”，他是“道路选择了我们”，“我们是回声的回声的回声”，“我一生背负得不够/欠下得太多”。

父亲欠下的，大约只有我们后辈来偿还了。父辈卸下的担子，要靠我们下一代担当。虽然我是一个“溺在生活里的女人”，当我听见“婴儿的啼哭”，我一定会“去把马槽打扫干净”，我要做“仰望星星的人”，我要找到“我们回家的路”。

2018年12月7日完稿，12月10日改定

潘新安

潘新安，1969 年生，浙江湖州人。浙江省作协会员。出版诗集《界线》。

潘新安作品

在初夏的傍晚走过乡间

偶尔我会停下来，站在一边
侧身，让一个扛着农具晚归的老人
可以从容经过
收割后的麦田多么空旷
我飘动的头发、衣襟，我伸出去的手上
哦，我愿意接过你的疲惫和衰老
愿徐徐而来的风，愿风中那么多的
与我的面颊轻轻碰触的翅膀
都有所依靠

写给黑暗的一首诗

我要给黑暗写一首诗
我伸出手，黑暗就摸上来
摸着良心

你有多少次期盼
意味着，你将经历多少次悔恨
而我，是个不知悔改的人

泪水滴落一次
黑暗就闪亮一次
今夜，我软弱到流淌

就像睡眠，把梦进行到底
而梦就是性，而我
还没有看清她的脸，就射了

血液也是黑暗的
在身体里摸索
我不可能释放它，并指给它刀子和方向

曾经以为，石头是坚硬的
其实不是
月光才是黑暗的骨头

如果黑暗就在对面
我移来一支烛火
不是要推翻它，而是要穿越它

写给他们

我并不愿意
去写他们
那如同扒开了他们的屋顶
这个季节，雨水多过阳光
白霉在腐朽里生长
生命仿佛，越卑贱越好活
就让他们的苦难
和他们的快乐一样
不为人知吧
比如，昨夜，他匆匆回家
天不亮就又要离开
路是湿的
下在半夜的细雨
多么像女人的啜泣和缠绵
这样的湿润抚慰着他，促使他
加快着步子
绝不是我心存残忍:
这个早晨
一辆运送水泥的卡车
撞碎了，一个急急赶往工地的民工
他满身的露水和曙光

高富路 118 号

整个夏天，只有壁虎
深夜从天花板上摔下来几次，造访我
它总能甩掉它的尾巴
有多少本能，我们也需要
重新学习?

总是换地方
每个地方都待不长
谋生，已如同在躲避一场无形的追杀
但是你看我，怎么看都不像
一个革命者

我不说，是因为不知道
真的不知道
想想都是可怕的
相信什么，都不如相信
自己的软骨头

高富路 118 号，就是我现在的地址
一个租来的店铺
当汽车的灯光横扫进来
最里面，用布幔遮掩着的地方
放着我的床

就在一条死胡同里
一家寿品店的对面
花圈、香烛、纸钱、纸房子……
一个纸人骑着纸马
烧成灰也认得

如果你打电话来对我吼:
死哪里去了？！

我会老老实实回答：
还活着，在活着的途中
只是不知道，明天在哪里

夜色

夜色盛满了酒杯
很快，他就醉了
夜色多么浓烈
一朵玫瑰，就能将它点燃

他的手指间
曾经有一座流水的作坊
用于修复
被时间宠坏的少女
并在她们的表情中，植入
血管和果树

哦，孤独
孤独有一张美艳的皮肤
就像西湖是宋朝的皮肤
被一朵睡莲睡过的
整个水面都是他的床
夜风滚来滚去

哦，滚来滚去
夜色里
还有一辆无人驾驶的油罐车
哐当哐当
滚过他此刻的梦境

落花和老人

泡桐花，一朵一朵轻落着
四月的黄昏
影子越来越长
等待令人心焦、忐忑
一边数着落花，一边默念着
她来，或不来
一个老人坐在泡桐树下
像睡着了
泡桐花一朵一朵落在
石板路上，小桥上，缓慢流淌的水面上
请不要落到他身上
落花的声音
一点点的寂寞，一点点的料峭
最不忍听见的
是那一点点的催促

还有这样温馨的时候

我累了
把头枕在你的腿上
然后对你说，我累了

往后的日子
往后还有许多
日子，是那年的一次切除手术抢救下来的
它漫长的后遗症
现在，我每天都在抵抗
对麻药的依赖

我不是撒娇派
我有干不完的活；

我还有这样温馨的时候
我连现实主义都不是。

只是累了
只是钟情于一个甜蜜的修辞：
西瓜熟透了
浅浅地
陷在松软的泥土里

女儿经

——给女儿十七岁生日

十七颗菩提子
在指间转动
从一念到十七，从十七
念到一
时间，已粒粒珠玑

我的女儿
我用身体挡住
从四面刮来的冷风
然后告诉你
现在是春天

或者，用积木和七巧板
造一个国家
让你成为无知的公主

一切丑陋
都不过是我扮给你的鬼脸
一切黑暗
那是因为
我用温暖的掌心轻轻蒙住了
你的眼睛

我的女儿
我时时念叨的经书
把我
从一个忧心忡忡的父亲
变成了信徒

回家

在房屋被推倒后的第二天
他被放回来
脖子和手腕上的
瘀伤，一副还来不及褪去的刑枷
压在乱砖和瓦砾下的窗门，断裂的房梁
房梁上一圈齿印般的白色泥点暗示着，这里有过一个燕窝
现在没有了
只有记忆，如同燕子黏稠的唾液
直到唾液充满血丝。也不过就是
他们茶余饭后的一道滋补品
在废墟上爬来爬去
这是他的家，但看上去
就像是一个不知从哪里冒出来的拾荒人
一遍遍翻找着
因为不相信什么都没有而迟迟不肯离开

糖罐
——给徐峰

一只玻璃罐
罐底，一层薄薄的白糖
手指，先要用舌头舔一舔，然后把它
伸入糖罐

但糖罐被摆放在高高的灶龛上
供奉灶神的地方
根本够不着
只有生病了，要吃很苦的药
母亲才会把糖罐拿下来
仿佛，他是家里最小的神

把手指，是的，像这样
就这样，伸进去
有一天，趁母亲不在，他壮大了胆子
他偷偷爬上去……

记不清这是第几次
听他讲述他小时候的这个故事
一次又一次，当他伸出
那根神奇的手指

但是这一次
故事的结尾突然发生了意外
没有糖罐。从来就没有，再也不会有了——
只有一种沙哑
深深地　在他的喉咙里

旧货

窗外一阵吵嚷，是一个收旧货的
一边敲着铁皮罐，一边吆喝
每天早晨
我都会被这吆喝声吵醒
旧货有卖吗，旧货有卖吗，旧冰箱，旧彩电，旧手机……
但所有的旧家什
我都还在用
一如这旧日头，我还指望着过下去
指望着有一些潮湿，活着青苔

只有一个旧梦，昨夜又梦见了一次
它那么真，那么美，但是我怕
把它摔碎了
请问，你要不要，收不收

像三月的雨水在地上爬

眼泪流下来
我看着自己，像看着每一个人
我看着每一个人，像看着我自己
眼泪突然流下来
从眼里，流到嘴里
我陡峭的泪痕
这就是唯 的路，像二月的雨水在地上爬
这就是我的痛苦，像三月的雨水在地上爬，在地上爬

内部的铁

一场冬雨之后
满城的梧桐生锈了
我从未觉悟过的
那么多内部的铁
在这个早晨，突然一下子
涌出身体
但是我看见过
高速旋转的砂轮播撒火种
而那么多的
铁，像黑色肥料
施入泥土

在一场冬雨之后
寒冷，铁一样开始生长

窨井

这样的判断从来都是对的
但是为何，我的内心会感到
一种隐隐的刺痛：
他们一定是，甚至必须是，农民工

正如我自己的遭受
而我也是带着偏见和歧视的
在不知不觉中
成为我的处世经验和哲学

在烈日下
他们把铁钩穿入窨井盖的孔中
熟练得像穿一条牛鼻绳
然后趴着，向那井口张望

仿佛是这个城市向他们打开了
一个入口
印在黑水上的两张脸
就是他们的身份证

我躲在二楼
一扇关紧的窗户后面，屏息看着
没有什么秘密可言。他们中的一个
已经跳了下去

一首小诗

银杏落下叶子
地上一片金黄
我多么喜欢

当银杏树叶一片一片落下来
一首小诗也正在一句一句
来到我心中

然而，我连一个字也没有写出来
因为有一位环卫工人
站在银杏树下

他感受到我在看他吗
活着，不过是在抹去
活着的痕迹

树叶落光了
——没有思考过
就等于没有经历过

乡下过冬

我学过储藏：干燥、低温
我怀念两种事物：石灰坛子和乡下的冬天

我最好的东西藏在石灰坛子里
我最深的记忆是在乡下过冬

烤火，焐床，看着窗外
大雪纷飞

酿在缸里的酒
刚刚尝过了，还嫩，还太甜

就像我们
新婚不久

沈 健

『高富路118号』：一个『活在途中』的可能的诗学遗址

在潘新安30多年写作生涯中，《界线》是他的第一部诗集。在这部带有“灵魂自传”色彩的集子里，诗人以“小人物的悲喜”和“颤抖的细节”为基调，混凝了水乡平原“鞭炮碎屑的繁荣”和倾覆了一地“一个燕窝”“幼小的乡愁”“一个干干净净的乳头”等斑驳如铁屑的现实元素，为当代诗坛垒筑了一个正在进行时的个人诗学“城中村”——一座索引21世纪初乡土江南的泪与血、悲与喜、爱与仇、沦陷与超越、焦虑与救赎的当代“下菰城”，一个充满“铁锈味”匍匐“角落”的人，一份可供切片研究的断代史“病理报告”。

> “他的加工厂，就在公路旁边/几间平房/结婚，养蚕，往事让人流泪。/一个后院，他的狗对来访的陌生人狂吠/但马上被他喝止了/阳光照在湿泥地上的气味，狗的气味/以及铁锈的气味/交易如此乏味。低廉。已经不错了/车床，铣床，冲床……活着是一门手艺/一个小学徒，转动的砂轮/角落里，两块木板搭在用砖头垒起的矮墙上/做梦的地方”——《郊区》

我们看到，在一个后工业化大时代的小作坊里，在“车床，铣床，冲床……”之间，在主流社会之外的“后院”，诗人“如此乏味”地“活着”。一方面，“养蚕，结婚”，传统的生活方式和新兴的谋生手段正在加速地将人阻隔在原子化的无聊和寂寞之中；另一方面，在“木板”和“砖头”搭建的“界线”分明的困窘与宿命中，孤独的个体又生命不止“做梦”不息。于是，敏感多思的抒情主人公转动心灵的“砂轮”，刨铣着语言的土块，打磨着修辞的梁榫，蚀刻祖屋基石上意象的云雷纹，“像一个小学徒”，接收着上天穿越黑暗发来的生命密码。

> “但现在，树木被砍伐/地面上浇了厚厚的水泥/一个停车场，发动机日夜咆哮/厚厚的禁锢之下/是根。绝望的爬行”——《蜕变》

数百年甚至上千年之后，这“根”的“绝望的爬行”，如果从时间的泥沼被发掘出来，一如今天毗山遗址出土的独木舟碎片，或者邱城遗址的断剑残骸，在历史还原的美学考古镜下，《界线》所记下的从“童年的清凉地”到水泥“停车场”的现代“蜕变”，给后人传递的将是一种怎样酸甜苦辣的人伦信息？是浴火重生的蝶变，九死一生的畸变，还是播下龙种收获跳蚤的劫变？

现代性在中国百年建构的历史，是一段百感交集的历史。特别是近30年来，以“转型”为掩映的“乡村沦陷”已成为事关中华文化存亡的社会问题。2010年梁鸿发表《中国在梁庄》《出梁庄记》，为乡土中国当下发展提供了危机大于希望、隐痛大于欢欣的现实主义典型样本，引发了社会学、历史学、民俗学、文学等多方面的关注。现在，诗人潘新安在南方太湖平原上，以灵肉亲历的姿态堆筑着一个以“高富路118号”命名的混合了“梁庄”与“德仁寨”要素的城乡接合部，一个被挟裹在时代大潮中的费孝通的“江村”，一个可能的

"活在途中"的乡村嬗变的精神样本。

值得我们研究的是，这个样本是否具有不可替代的人性勘探价值，以及卓然一格的历史回望意义？

一、"高富路 118 号"：一个个人诗学"取景框"

从"高富路 118 号"出发，往南 15 公里，葱郁的金盖山下，楚春申君黄歇曾筑"下菰城"，置"菰城县"统辖南太湖地区的原初垦拓与开发。那是 2300 年前的事了，如今的下菰城已成全国重点文保单位，隐藏在松风竹涛之中，以夯土墙、夹砂陶片、烽火墩组合的时间遗像，供人游览瞻仰，勘究品味，发思古之幽情，叹时空之沧桑，惊个体之渺小。站在当年繁华绚烂的城邑废圮之上，回望"高富路 118 号"，历史正在被辉煌续写，或者说复制。在"挖掘机""推土机"的大手笔下，新生代"春申君"们正在改天换地，急功近利的经济建设以并不逊色于战争的方式在人类固有的生活领域开疆拓土。现代性的双刃剑特征也随之日益清晰露出其狰狞与残酷的一面：

> "混乱正愈演愈烈 / 在城乡接合部 / 到处都是 / 插满玻璃刺的围墙，沿路倾倒的建筑垃圾 / 每天都在强占 / 推土机挤进一道篱门 / 一边是扩张和挤压，一边是家园和日常生活 / 已经没有界线了 / 公路的绞索，把村庄绕进圈套 // 现在我望着 / 拱形的天穹，远处绷直的地平线 / 一张无法拉开的弓"——《界线》

我们看到，以"公路"为象征的现代技术力量在实现对人解放的同时，也带来了对人的"强占""扩张和挤压"，城市化在带来预期的肉体自由与技术进步同时，也带来了对自然、土地以及几千年来生活习惯的毁弃。象征着诗和远方的"地平线"已生锈，如"一张无法拉开的弓"，人及其诗意生存的土地沦为绞索架下"沿路倾倒的建筑垃圾"。

> "整个水面都是他的床 / 夜风滚来滚去 / 滚来滚去 / 夜色里 / 还有一辆无人驾驶的油罐车 / 哐当哐当 / 滚进他的梦境"——《夜色》

多么可怕的噩梦！现代化将目的与手段本末倒置，资本、权力和欲壑难填的人心"油罐车"，如一头盲目的巨兽，"滚"过"鸡血一块一碗 / 鸭血两块一碗"的卖血市场，"滚"过"一抔一抔掏出灰烬"的祖传灶屋，"滚进了他的梦境"。我们怎么能不惊恐万分，这是一个最好的时代，这也是一个最坏的时代，狄更斯的话在 200 年后的异国他乡找到了它的时代回音壁。在这里，"无人驾驶的油罐车"，作为乌托邦愿景发展的盲目性与灾难性隐喻，读来多么震人肝胆！

> "高富路 118 号，就是我现在的地址 / 一个租来的店铺 / 当汽车的灯光横扫过来 / 最里面，用布幔遮掩的地方 / 放着我的

床∥就在一条死胡同里/一家寿品店的对面/花圈、香烛、纸钱、纸房子……一个纸人骑着纸马/烧成灰也认得∥如果你打来电话对我吼:/死哪儿去了/我会老老实实地回答:/还活着，在活着的途中/只是不知道，明天在哪里”——《高富路118号》

高富路118号，一个“界线”清晰的“城乡接合部”，一个观察乡土中国向城市化演进的“窗口”，一个个人诗学“取景框”，诗人潘新安在这里严谨地支起了他的三脚架，摆弄着他的长镜头、摇镜头，甚至社会疗救学的内窥镜头，伸向“雾霾笼罩城市”“四新桥那边”和“夏日的一个傍晚”，像找到一座富矿那样，他抓拍着一幕幕生机勃勃的“枯萎”，记录下一片片灯火通明的“荒凉”。

“对面那间店铺/不到两年时间已经转让了四次”，“每次算下来的结果都是/余生，显得过于漫长了”，这是极其卑微的底层生存的感同身受（《店面转让》）；“每天早晨”，在“旧货有卖吗，旧货有卖吗，旧冰箱，旧彩电，旧手机……”的“吵嚷”声中醒来，像一片“活着的青苔”给自己“还指望活下去”的信心，这是异常真切的蝼蚁存在的冷暖自知（《旧货》）；“故事的结尾突然发生了意外/没有糖罐。从来就没有。再也没有了”，伦理的甜美被中断，记忆的活血被伤逝的阀门突然放空，“只有一种沙哑/深深地齁在他的喉咙里”，这是凡俗小人物泪流满面的伤时感逝（《糖罐》）。

今天的高富路118号，已是人烟稠稔的城市化的一个有机组成部分，在吴楚时代的反光镜里，它还是一片荻菰泽国，太湖也只是一滴远古的泪水。而吴楚争霸时代的“下菰城”，作为周天子的化外之地，连“城乡接合部”的边都沾不上。即使从泰伯筑勾吴之都看过来，下菰城也仍是“禹力不到处”。作为一个具有时间自觉和历史自觉的人，潘新安深知个体的须臾即逝，这个自称“胸无大志的人”，如果有什么理想的话，也许就是要通过诗歌给时代中受难的人以人性的抚慰。

“一头，是灯火密集的城市，雾霾中/若隐若现的轻/一头，是昏暗的正在陷落的乡村/不断加重的沉/一定有一种无法解释的力，不可能平衡的平衡”

定位于描述“城乡接合部”的诗人，他最大的愿景也许就是，以爱来融合城市与乡村、传统与现代、文化与精神、亲情与律法的“界线”，以期重构一个平衡有序、天人合一、其乐融融的家园共同体?

二、“我是你眼睛中的一粒灰尘”：“拾荒人”的主体形塑

潘新安出生在湖州南浔区练市乡下，那是古太湖与大运河滋养的以生产“辑里湖丝”而驰誉江南的丰饶平原。这个有些“厌世的人”自幼聪慧孤单，考取粮食学校而进入国家粮库工作，在20世纪90世代的变革中下岗，被城市化裹挟来到高富路118号，开了家“小赌馆”——天胡棋牌室，和妻子相濡以沫养家糊口。而高富路118号，

在改革开放前还只是一个太湖边的水产村，夹杂在城乡二元对立的体制裂隙中，“村改居”之后转身为环渚街道一个门牌号。身份的变化，地理的变迁，“界线”的暧昧变易，给诗人带来辛酸的肉体磨砺和苦涩的心智凌迟。

“雾霾又笼罩了这座城市／一切都是轻的／尘埃是轻的，重金属是轻的／若有若无的东吴国际 56 层的高楼／仿佛就是由悬浮的水珠、尘埃、重金属颗粒／建造的／在半空飘浮／也很轻／只有口罩里呼哧呼哧的喘息声／很重，很沉”——《雾霾又笼罩了这座城市》

在这里——56 层高楼阴影下，潘新安每晚子夜才能睡下，次日上午十点起床，打扫卫生，准备茶点，简单地对付一下肚子，像《兆治的酒馆》中藤野兆治那样，不苟言笑，也不媚权俗，勤谨地经营着他的小生意。一年 365 天，他几乎找不到一个休息日来安抚他的身体——这也是当代中国大多数农民工、下岗工人生活常态——在他凌乱的桌上，杂陈着沃尔科特《白鹭》，辛波斯卡《万物静默如谜》，希尼的《舌头的管辖》，还有石黑一雄、杨键、沈苇的书以及《小说选刊》《诗歌与人》等读物，新安的阅读苛刻而挑剔。这个三天不写诗就憋得慌的小平头男人，有着一颗兆治一样柔软的心。

“在废墟上爬来爬去／这是他的家，但看上去／就像一个不知从哪里冒出来的拾荒人／一遍遍地翻找着／因为不相信什么都没有而迟迟不肯离开”——《回家》

海德格尔说，诗人的天职就是返乡。但在今天的汉语江南，象形文字和意象诗学的老家，“回家”已成为一种奢望。一觉醒来，写满了“拆”字的家乡，好像被狂风刮得无影无踪，曾经相依为命的床、灶头和祖宗的牌位，刹那间化为一派平地。诗人只能在他心灵的底片上蚀刻出一个“拾荒人”——这个时代见证者，像个“孤魂野鬼”在“黄昏，走过老街”。

“老房子、老石桥、老树和老人／一株朝天椒很年轻／像红色小煤炉里终天窜起来的／绿色火苗／呛人的浓烟散开了，他们都在笑／只有我，含着一滴泪”——《黄昏，走过老街》

诗人沈苇在序新安的诗时指出，诗中的“拾荒人”是“今天诗人的一个譬喻、一种描述”，“他在废墟上爬来爬去，需要捡拾的是被推倒、被掩埋的诗性正义”。不错，这个“拾荒人”已经成为一个象征，但在我看来，“拾荒人”首先是一个实写影像，他的身上有新安个人的伤感体温，也有回不了家进不了城“打工一族”的心肌炎症，还有那些身份已经进了城的“漂泊者”的神经官能综合衰弱征。在乡村走向城市“途中”，“拾荒人”像《诗经》时代手摇木铎采风人“含着一滴泪”，来往在“太湖边”“仙山湖”“辑里人家”之间，穿梭在“搬运工、收破烂、妓女、警察、拆迁户、擦鞋人、卖血”的灌木丛中，分发“阳光”递送“清凉”，为村庄扶起颓圮的梁架，为大地报送灾难的信函。当实写的“拾荒人”被充满历史想象力的个人化细节修辞提纯为诗性正义守护者与捡拾者的象征时，我要说，这也许是潘新安对当代诗坛一个独一无二的贡献。

这个由梁启超的“少年”进化来的“拾荒人”，身上刻着近百年来乡村知识分子复杂多斑斓的精神谱系。他曾经意气风发，“一脚踹进门来”，一个少年闰土叠映闪出，水光的项圈溅射出大地的清纯与活力（《我的心里空空荡荡》）；他也曾疾恶如仇，“提着一腔热血，我爬上去/对这小小的人间/伸出一根手指”，多多头的阶级愤激和张进德的革命煞气弥漫字里行间（《某一天我爬上屋顶》）；他又是那么地柔情蜜意，“从我流泪的眼睛里/细心的妻子，用舌头轻轻舔出/一双小小的翅膀”（《夏日的一个傍晚》），“爱人，就让我的小心眼穿过/你的一生”（《穿线》），这简直就是沈从文笔下《学吹箫的二哥》中“白脸长身全无乡村气”的“二哥”在当代复活；在《骄傲的心》一诗中，他又是那么地自信纯洁，勇于担当，仿佛高加林的转世进化：

> “我正赤足，穿过一条田塍/像一根针。我是说/倾斜的阳光打在我身上/我就是一根针，闪亮着，尖利着，偏执着，刺痛着/然后，巨大的荒芜在我身后合拢了”——《骄傲的心》

这是一种来自大地与时间的自信。诗人“像一根针”，极其卑微却也极其执着，为“漏洞百出”的生活缝纫“温暖的补丁”。诗的结尾让人想起贾平凹笔下“最后一位农民”夏天义，以拥抱土地的姿态自沉于淤泥的吞没，却又毫无夏天义的沮丧与绝望。

如果说阿城《棋王》“拾荒老者”是文化浩劫后传统乡土废墟的传承人，那么，潘新安的“拾荒人”则已成为经济狂飙中新一轮乡土废墟的守望者。他没有“棋王”的老庄超脱，也没有“棋王”的墨家绝技，却满怀儒者的家国担当，充满现代人的忧患焦虑，面对皇皇五千年的中国文化所遭遇的冲击与激荡，“不相信什么都没有”，他“一遍遍翻找”，像三闾大夫徘徊在“楚都”，又像王国维的亡灵回到了他梦牵魂萦的江南。这个身上集聚了“闰土”“老通宝”“梁生宝”“陈奂生”“福贵”、《白鹿原》中“朱先生”等精神要素的“拾荒人”，作为乡土文化的守望者和转型中国的见证人，虽然其象征内涵与伦理细节还有待诗人在以后创作中不断地精神灌注与血肉填充，但毕竟已初具伫立于当代诗坛“史诗”长廊记录者的轮廓。

礼失求诸野，“回家”已成为一个反讽。始于晚清的乡土中国现代性之殇，传统已被夷为一片废墟，满目疮痍之中，伦理崩解，社会撕裂，人性畸变，“拾荒人”以主体在场姿态反反复复嗫嚅着：

> 如果黑暗就在对面，我移来一支烛火，不是要推翻它，而是要穿越它。

三、“沿着这条路一直走到黑”：诗学“下菰城”的可能性瞻望

生于1969年新安也已届知天命年龄了，《界线》收入他“2009年到2016年的部分作品”，至于2009年以前25年的写作，已经被作为“青春期”写作弃置在否定论的荒地之中。用新安自己的话来说，“否定是反思的同义词”。从青春期写作到中年写作，从否定到反思，从四十不惑到五十知天命，都是不同阶段和区域，不同形态的过渡部分，也是旧我与新我、自我与存在、主体与他者之间交错衔接部分。旧我的否定，意味着新我的诞生，新界的抵达，等于旧邦的超越。诗人沈苇序言中指出，《界线》“意味着一个江南性诗人向现代性诗人的转变，一个地方主义诗人向普世主义诗人的演进”。我完全赞同这一判断，在烟花绚烂的当代诗坛，《界线》以刚健、朴素、切肉斩骨的语言和抒情，发出了当下诗坛罕有的现实主义诗性声音。究其细部，析分如下。

1. **“颤抖的细节”：锐利卓越的事象抒情**。潘新安是一个擅长在场叙述的人，在当代诗歌乡土书写中，他能够得心应手地以饱满多汁的历史细节来见证存在，抒发深沉复杂的伦理情感。《我也想去也门》是一首写“拆迁”的诗，却从“祖国”这一大词写起，略带一些骄傲语调一路娓娓叙来，直到结尾图穷匕见：

> 外面，推土机已经冲垮了竹篱/屋顶开始震动/房梁上的灰尘落到饭碗里。

“房梁”“灰尘”“落到饭碗里”这一细节，像一枚小型深水炸弹在阅读者深层结构中被悄悄点燃，所产生的心理能量冲天而出，将“维和”“祖国”等传统情感轰成了碎片，在人心的天空四散飞溅，引发的哀痛与伤悲久久难于平息。写拆迁的诗很多，构思如此以曲见奇以远譬近的并不多见。在疾风暴雨式的狂拆滥迁中，拆除的岂止是老房子与旧家园，毁弃的岂止是古街道与世俗生活！因此，如何安抚亘古人性与现代化发展的悖逆冲突，这是亟待当代诗人回应的重大诗学课题。

《厨房》一诗也以细节见长，“三家人挤在不足二十平米间”，这是一种心理尴尬与精神逼仄，诗人通过“缝隙里的油垢”这一细节特写予以曝光彰显，读来十分耐嚼。同样，《一个女警朝这里走来了》写得表面上平静舒缓，深水处却惊涛激荡：

> 一个女警朝这里走来了/腰间锃亮的手铐，一晃一晃走来了/贝雷帽压住长长的鸭舌/看不清她的脸，不知道出了什么事/她朝这里走来了/长长的影子已经附上我的身体

女警的“娇小、娉婷、妩媚”，这是一种人性柔美，“手铐”的“锃亮”和“贝雷帽”，这是一种权力宰制；“女店主”和“我买仙人球”，这是平民百姓的日常私象，“女警向这里走来”，这是国家公权的合

法介入；女警“看不清脸”是暧昧的，不确定的，女警腰间怵目的“手铐”却明确又尖锐；女警“长长的影子”和“我的身体”相继出现，一虚一实，敷有淡淡的俗世情色，又涂抹了浓浓的政治吊诡……这些微观特写绷紧了一种心理角力，使整个语境蓄满了“不知道发生了什么事情”的压抑恐慌，字里行间激荡着社会、政治、法律以及港台艳情片的情感风暴。结尾“长长的影子已经附上我的身体”一句，内涵极其幽邃深阔，表层指向权力威慑，中层导入自我罪感，深层又满是艳情暧昧，五味杂陈，读来魂断魄飞。

2. **“病理报告”：深度存在的内窥喻象。**叙述诗是20世纪知识分子写作与民间口语写作最后达成共识的一个诗学遗产。潘新安善于通过简洁、犀利的场景叙述，将诗意的内窥镜伸入事件内部肌理之中，将反讽或隐喻的诊断投映为语言的镜像，进而激活读者余味曲包的心理震荡。《洁癖》一诗像个小品，“协警订报”压抑与屈辱，茶馆主人的隐忍与失控，揭开了现实痂壳下沉痛的现实；《痣》则像一个独幕剧，以通篇对话和独白抒写，突出了一个小市民“保持疼痛的知觉”的惶惑与悚惧。

3. **“稻花相互传播”：人性旨趣的温软境界。**潘新安看似内向柔软，少言寡语，骨子里却有一种杀手的自尊与凛冽，“可耻的不是接受，而是认同”，他在《落水的星空》中这样写道，是的，“接受”只是有边界的妥协，而“认同”则沦为无原则的堕落，在恪守人伦底线的立场上，诗人坚守着一种寸土必争的计较与讲究。

不过，日常的新安温情脉脉，谦逊大度，对生活有一种“信徒”慈爱。《界线》中大量写给母亲、妻子、女儿和奶奶等人的亲情诗，深情绵密，似水流淌，散发着感人至深的人性魅力。你看，在《担子》中母爱的细节传递是那么粗犷细密，而《辑里人家》缓缓呈现的兄弟情谊又是那么神韵悠长，《阿婆的杨梅酒》对祖孙之间的依偎是那么的柔和绵远，《女儿经》对女儿的爱则又那么细微贴心而又义薄云天。

> “我的女儿／我用身体挡住／从四面刮来的冷风／然后告诉你／现在是春天∥或者，用积木和七巧板／造一个国家／让你成为无知的公主∥一切丑陋／都不过是我扮给你的鬼脸／一切黑暗／那是因为／我用温暖的掌心蒙住了／你的眼睛∥我的女儿／我时时念叨的经书／把我／从一个忧心忡忡的父亲／变成了信徒”

女儿是成长与未来，是历史阅读传承者。这首写给女儿的诗明白晓畅，虽说有一个副标题——“给女儿十七岁生日”，即使女儿七岁也能够完全读懂，并感受父亲柔如丝棉的圣洁之爱。

特别值得一提的是，诗集收了好多写给父亲的诗，如《水泥厂》《傍晚》《家》《老人家》等，抒写父子之间的亲情，视角独特，用语淳朴，作为现代文学以来“父权冲突”的反向抒情，把一个男人对另一男人的爱恨交加、敬畏横陈，淬炼到了“纸包了火”的境界。

文章也写得太长了，必须要在此中断我的絮叨。《界线》是一部有说不完话题的诗集，在当代中国的乡村书写中，其直接、深刻、尖锐的伦理重建和人性抚慰等美学诉求十分复杂暧昧。仅从题目上看，“界线”的意思就繁复多歧。字典里“界线”有边界、权利等语义，哲学中“界线”有自我、他者的指向，而诗学中“界线”的意义分泌一如社会的动态繁杂。有“界线”，就有了越界与跨界，而越界意味着侵权与非法，跨界又象征性着融合与生长，杂糅其间的这一切情感暧昧与价值混淆，难以一言而尽。

在乡土中国急速城市化的历史进程中，既要厘定私域的边界，又要加强公共的融合，更要在伦理与美的义域内重构现代文明的精神共同体，建立一种人、自然和现代物质文明混血共荣的“共属结构”。这是“城乡接合部”的发展近期愿景，也是乡土中国天人合一的根本出路。选择“城乡接合部”这一特殊“边界”地带，诗人把自己“嫁接”在时代“陡峭的伤口”，试图通过诗性对话来沟通对峙，安抚冲突，舒泄紧张，这是个人的修行，也是时代的命运，更是一个诗人上承天道义不容辞的使命。

诗人潘新安生也有幸，在 21 世纪初偶然地卷进了“高富路 118 号”，写下了一批节制、内敛、细节充盈的诗作。个人期望新安深度沉浸下去，以“高富路 118 号”为圆心，将触角伸展到太湖平原人性土壤历史与现实的深处，既百感交集于小人物的悲欢离合，又冷峻投身于现代性的光明书写，更要悲欣交集于城市化进程中负面人性的恶性畸变所带有的五味杂陈——据我所知，在高富路 118 号周围，黑社会、吸毒群体、苏童小说《米》中的五龙式人物鱼龙混杂——只要充分、综合地书写这一切，将现实的细节转化为历史语言喻象，一个乡土江南的诗学遗址，在我看来不仅可能而且可行，其高度宽广度，其深厚度，都足以让人盛情期待。

“春明走马向城壕，可是三兴土筑牢。凭吊淮张遗故址，夕阳曾照女墙高。”这首无名氏诗告诉我们，元末明初张士诚与朱元璋争霸之际，代表太湖豪强的张士诚曾在南浔筑城。“周一千六十六丈有五尺，崇三丈，广职崇得三之一。金城粉堞，铁扇石枢，危颠倚天，深根入地，虽曰修治，若经始然。观者以为微中书省之选不能尽侯之才，微侯岂能承中书省命之重。此名此诚，相与传之不朽矣。”如果没有诗人意趣遒劲的文字与碑刻文献的记录，有谁还能记得起富庶温柔的南浔曾经耸起如此悲壮的帝王雄心？如今，南浔潘新安也在构筑他的诗歌帝王土城，即使像张士城一样失败于时命，留下一座诗歌遗址供后人借鉴，我想，也不枉一个男人追求的一生。

叙事

Narrate

魏天无 我的汉口往事

我的汉口往事

魏天无

一

紧邻新育村33号狭长的小巷，解放大道旁，一家煨汤馆占据了一幢大楼的二层。楼房外墙有一巨幅广告："古人雲：吃肉不如喝汤"。直到离开新育村，我也没想明白，究竟是哪位"古人"说过这句话，而且，为什么老板要把"云"自以为是地写成繁体字"雲"，"汤"字却保留着简体。这个"雲"，对应的简体是烟消云散的"云"，做生意的应该是很忌讳的。

当然，我在街头巷尾看见错别字就想冲上去纠正，读书看见错别字就一定要用笔圈出来的强迫症，都是做图书编辑做久了落下的职业病，至今未愈。

满打满算，我在新育村33号那栋聚集了三家出版社的五层老楼里只待了两年。早晨按时上班，中午在楼背后的食堂吃饭，晚上下班后要么坐社里的班车，要么坐715公交，出解放大道经武胜路，过江汉二桥、长江大桥，朝着黄鹤楼，晃晃悠悠地回武昌，写新育村怎么也轮不到我。不过，那是我再一次做完学生后走出校园，尤其是，从我一直读书、生活的武昌，到了原本一年也去不了几次的汉口，仿佛"陈奂生上城"，而且是上了城里最繁华的商圈：小巷对面是著名的协和医院——到了汉口我才知道它还有一个倒转的别名，用武汉话念很是惊悚；斜对面是开建于一九一〇年的中山公园。出小巷口往左转，中山公园对面，是已被炸掉两年、变成大水坑的由苏联援建的武汉中苏友好宫，也就是后来的武汉展览馆；紧挨着大水坑的是名噪一时的武商。如果往右转，没多远是双洞门、循礼门和江汉路口。如果不去步行街，继续沿着解放大道往前走就可以看到一年四季风雨无阻地向路人挥手致意的毛主席汉白玉塑像，塑像后是建于一九五九年的武汉剧院。

大概是二〇一〇年，我走长江二桥到汉口。车行解放大道，过了青少年宫，瞥见主席像的后面，武汉剧院方方正正的苏式风格建筑的上方，挂着一条醒目的红色横幅："宇宙英雄奥特曼'十一'空降大武汉"。

二

我去新育村 33 号那栋楼里的出版社工作实属偶然。研三时，导师已在学校出版社担任总编，私心里希望我留在那里。为避免给人留下口实，导师请本校中文系毕业的文科编辑室主任，独立地、客观地——导师的原话——去系里调查、了解我的情况。据说系里的老师们对我的评价都很好。自然，我对这一切毫不知情。妻子早两年已毕业留校，大学教师那时还是清贫的职业，住房也紧张，并不是很多毕业生的首选。我自己，一开始就没打算两个人都在学校里工作。听说一家少儿社正在东湖鸟语林的对面盖房子，我便打着导师的名头，自行找上门去联系实习。分管文艺图书出版的副总编余老师非常热情，很快把我安排在图书资料室里看稿子。中途，畅销一时的广东《少男少女》杂志的编辑来访，余总叫上我一起接待。那是一九九七年年初，《少男少女》时任总编蔡老师，背着一个在我看来只有少女才会背的精致、时尚、小巧的双肩包，让我印象特别深。我不清楚是什么地方给蔡总留下美好印象，她悄悄地跟我说，小魏，到我们那里去工作吧。我没吱声。我那时对广州毫无印象，而余总对我关爱有加。不巧的是，出版社老社长退休，新社长刚刚上任，已经实习了几个月的我，迟迟得不到是否留用的答复。

一次偶然的机会，同窗告诉我教育社也在招人，但说的是招发行人员。我没跟任何人联系，一路摸索着找到新育村 33 号。从车水马龙的解放大道拐入那条后来每天要走很多次的幽深小巷，并没有恍若隔世之感。这座有着简陋的方形水泥门的院子，门内左右两侧的老旧宿舍楼，斜对面方方正正的办公楼，与门外小巷子里摩肩接踵的宾馆、饭馆、招待所、小卖部、居民楼、街道办事处的建筑风貌和气味，浑然一体。如果不是院子大门悬挂着三家出版社的招牌，外人看不出这里面是文化单位，聚集着一大批常年与书稿打交道、文字功力深厚的编辑们。如果说院内院外有什么不同，那就是院子里经常停着从印刷厂、纸张厂运送图书、纸张的货车，以及卸货的四轮手推平板车，在被碾压得坑坑洼洼的地面上拖出来的呜噜呜噜的声音。办公楼一楼有些阴暗，左右墙壁上贴着宣传资料，正对面是楼梯，上去后分为左右两侧。我径直找到教育社总编辑室，向正在办公的冯总做了自我介绍，还是打着导师的名号。冯总是沙市人，我在江陵读书长大，这可能弱化了我突然上门求职的唐突性。坐着的冯总像一尊坐着的菩萨，脸上笑眯眯的，口音里带着浓重的沙市腔，而我也只有在遇到老乡时才会想起江陵话是怎么说的。冯总让我把个人资料留下，说社里会商议。过了一段时间，在出版局工作的大学同学告诉我，冯总马上要出国参加国际书展，我便第二次赶到汉口去找冯总探听消息。他对我知道他即将出国有点惊讶。我还记得，谈话中途有编辑进来向他请示一部书稿的处理，人离开后没有关门，我便离座把门虚掩上，冯总一直看着我的一举一动。

我被教育社接受的消息，是导师告诉我的。他在出版局的一次会议上遇到冯总，冯总说社里已决定了。也就是说，我只是跟素昧平生的冯总在他的办公室里见过两次面，谈过两次话，没有跟其他人接触过，也没有实习过一天，就进入了这家被很多人艳羡的单位。冯总不抽烟，我连递烟的机会也没有。我不想在消息扩散后给少儿社留下脚踩两只船的印象，便立刻去找余总说明情况。余总当时有些激动，在办公室当着我的面，给新社长打电话，说小魏要去教育社了，你能不能下来跟他谈一谈？自然，此时无论是对新社长还是对我来说，都已没有谈的必要了。

三

教育社搬到位于青年路机场河的新办公楼后，我很少回新育村了，更不用说十年后我调回母校任教，重新从汉口搬回武昌。

二〇一七年十一月的一个周末，我应邀去武商购物中心里的弘道书店参加活动。书店企划怕我找不着地方，让我到达武广前的人头马雕像后给他打电话，他下来接我。我说，这一带我很熟，不用来接。我没说我在汉口工作了十年，住了七年，原来的工作单位就在武广边上。

那天正好是我和妻子的结婚纪念日，活动完后我们没有回武昌，而是在新育村临街的一家快捷酒店住下来。这家酒店就在煨汤馆的楼上。煨汤馆现名“大哥大”（不记得最早是不是这个名字），让人一眼见到就想起当年黑乎乎的砖头般的手机。楼体外墙上的广告“古人雲”早已作古，生意还是很兴隆，一楼门面也被老板盘下来。

第二天早晨，我拉着妻子去新育村33号怀旧。被沿街飘散的热干面的芝麻酱香气所逗引，我们没走几步就拐进了新育社区。迎面是类似照壁的一堵宣传墙，上书“共创老人宜居社区 共建平安幸福家园”的标语。这堵墙的所在地原来是过早的地方，每天八点之前，周边居民，出版社员工，协和医院穿白大褂的护士，陆续聚集到这里，排队，打招呼，过早，聊天。我是在这里爱上了热干面。宣传墙的南侧与出版社院子前的小巷相连，现在修建了各种社区健身器材。热干面的芝麻酱香是从宣传墙后方飘来的，两位嫂子在自家门前摆了早点摊，一楼自住房的墙面已被拆掉，装上了卷闸门，屋内摆了两张桌子。妻子要了热干面，我要牛肉面，让嫂子用热干面下。她问：“热干牛肉面？”我还没解释，另一位个子高的嫂子抢着说：“是汤面。”好像也只是在汉口的早点摊，只要你想得到的，都可以热干，热干面只是其中最平民化的一种。我们端着碗进了屋，与一对老年夫妻相对而坐。对面的婆婆穿着一身大红棉袄，戴着黑色玳瑁框架的眼镜。她已吃完，正看着爹爹吃汤粉。爹爹的汤碗边放着手机，他一边吃一边看着手机视频，里面传出一个日本军官说中国话的那种装出来的蹩脚声音：“佐佐木，已经到达，指定地点，我们将，很快地，执行A计划……”已近九点，早点摊没什么客人，高个子嫂子过来给爹爹递了一根烟，凑到手机前问他在看什么。爹爹说，是一部还没有上映的电视剧，孙子帮他下载的。高个子嫂子走后，爹爹看了看手里的烟，从怀里掏出一包烟，跟婆婆说，这红黄鹤楼，零售二十六，批发二十四，我克（去）买只要二十三块三。婆婆看着他，没有言语。爹爹瞟了我们一眼。我太懂他的心思了，他其实是说给我们听的。我便用武汉话搭白（搭腔），爹爹，您家这个手机像苹果呢。他说，不是，是深圳滴（的），一千九百八。我说哦，不便宜呀。爹爹说，这个是用来看电视滴（的）。我说，您家用手机看电视，屏幕大一滴噶（点）看得清楚些撒。爹爹从另一边怀里又摸出一个套着外套的手机，说，这个才是老年人手机。这个，他用手里的手机指着桌上的手机说，功能蛮多，反正不会就问孙子。爹爹手里的手机的黑色外套，已磨出了斑斑点点。我在武昌读了七年书，作为师范生，从不说武汉话。到了汉口的单位，入乡随俗，学了一口弯管子武汉话。

打过招呼，爹爹婆婆一前一后走出房间，正在抽烟的矮个子嫂子说了声："再来啊。"我们也跟着出去了。穿过健身器材来到新育村 33 号前的小巷，小巷没什么变化，一家宾馆，两家招待所，两家餐厅，一家超市，新华街街道办事处还在，只是一些店铺的招牌改了。出版社大院门边的招牌已变成了原来两家出版社的汉口办事处。进入院中，停满了小车。我在这里时另两家出版社合建的新住宅楼，像钢筋水泥丛林中的一棵细细的云杉，伸长脖子够向天空来获得阳光和空气。办公楼前梧桐树的叶子还是青色的，树干的加粗使它们身上的疤痕愈发醒目。这幢办公楼与教育社的自建办公楼一样，早已收归出版集团管理，出租给了邮政快递公司、会展服务公司、成人继续教育站点等。院子东侧的车库还在，车库门已被黄色的铁锈占据，像是被人甩上去的黄色油漆。楼后的单位食堂已不在，成了堆积各种货物的地方。车库旁的围墙开了一扇门，走出去才发现是武展东路，路对面就是会展中心，门旁是一家新疆穆斯林餐厅，一家家常菜馆。

四

武展东路是武汉国际会展中心的配套道路，连接解放大道和京汉大道，是后来修的。之前从武昌来汉口聚会或参加活动，偶尔也从这条路经过，去京汉大道一家音像店隐蔽的二楼买盗版影碟，但从未意识到这条路的西侧围墙里，就是新育村 33 号所在地。

会展中心是在武汉展览馆原址上复建的，很长一段时间我都觉得它像一个不伦不类的怪物，不知被什么东西摁着头，被迫蹲在那里，仿佛待在一个它本不该待的地方，有些憋屈，也有些愤怒。尤其是主建筑前一左一右的两个锥形玻璃塔，常年布满灰尘，邋遢，晦气。每次坐 715 经过这里，我都不由自主地别过脸去。

印象中我只进去过一次武汉展览馆。那是在一九九四年十月，我刚从海口返回母校读研究生，第六届全国书市在武汉举办，主会场就在展览馆。我当然没有想到有一天我会在展览馆边上的出版社上班，也没有想到后来的我会成为书市（现名为全国图书博览交易会）的常客，更没有想到这会成为我的最后一次展览馆之旅。

这座展览馆原是为一九五六年五月至七月在武汉举办的"苏联经济、文化建设成就展览"而建，由苏联援建，原名武汉中苏友好宫，是中国的四大中苏友好宫之一，也是武汉地标性建筑之一。一九九五年四月，因为轻信台湾商人的合作许诺，在接受了极少的定金后，评估价值据说为几亿元人民币的展览馆被炸毁。我没有见到展览馆被炸毁前，武汉市民赶到这里合影留念的场景，也没有听到爆炸那一刻发出的轰鸣，但那一声轰鸣，那一阵腾空而起盘旋不散的烟尘，那些四溅的圆柱、方砖，"中华人民共和国万岁""世界人民大团结万岁"的红底白字的标语的碎片，会成为武汉的历史影像之一，留在武汉人的记忆里，也留在那一瞬间微微震动的中山公园大门的悲戚的凝望里。

我在新育村上班后每天至少要路过两次的展览馆，已是一座大水坑，像是天外陨石撞击出来的，四周杂草丛生。我报到上班时已是七月，在三楼的文科编辑室里，可以听见水坑里传来的蛙鸣声声。我想象着一只只青蛙，蹲在从解放大道行道树上旋转而下的落叶上，两个腮帮子鼓出白色的气泡，一刻不停地鼓噪着。

五

我对汉口的好感，是从吃开始的。这倒没什么奇怪的。待我从汉口搬回武昌，很长一段时间都为在哪里过早犯愁。这很矫情。武昌当然也有数不清的早点摊，尤其是在大学校园周边，但这里的早点与汉口的早点，是两个城市的早点。

新育村33号前面的早点摊当年也是两个嫂子在忙碌，也是一个下面，另一个收钱、配作料。早先的那两位看起来像妯娌，不像姑嫂。后来发现，汉口早点摊上忙碌的、主事的永远是快人快语、干练泼辣的女性，男人只配打下手，被吆五喝六的。下着面的嫂子手里忙活着一位客人的吃食，嘴里喊着第二位，眼睛看着第三位，嘴巴停不下来，也没人计较敞着口这样呼来喊去有什么不妥。某日看报，有篇报道介绍连续多年勇夺全国单体商场营业额第一的武汉商场的事迹，其中特别提到营业员对老顾客的喜好一清二楚，便觉得这记者实在是大惊小怪。汉口大街小巷里卖早点的嫂子婆婆们早谙此道，那是天赋，也是遗传。来过的客人只要说一次，下一次来她们就知道他吃什么，是面还是粉，细粉还是宽粉，热干的还是汤的，多放还是少放辣子，要不要把葱，要不要多给一点芝麻酱……

那时，每天从武昌广埠屯坐一个多小时的715来到这里的我，排队的时候就开始纠结今天到底吃什么，往往排到嫂子们的跟前还没想好，就随口道"热干面"。我对武汉热干面的印象在这里被彻底颠覆，仿佛"汉口"才能叫"武汉"，"武昌"只能叫"武昌"，"汉阳"一直不存在。我对武汉人能吃辣的印象也是在这里形成的，甚至觉得我的同事们的抗辣能力超过了四川人、湖南人（贵州的土地还无缘踏上，不明就里）。除去面要选好，用油拌好，下水后的火候要掌握好，芝麻酱要真材实料，一家热干面与另一家的区别，在点卤。那盆卤水是早点摊的不二法宝，尖板眼，极辣，至少对当时的我来说，是辣到了心尖上。每个人一边吃着，一边额头冒汗，但还有人觉得不过瘾，在桌子上自行添加辣椒油。辣椒油都是老板自己动手做的。你时不时可以看到早摊点旁摆着的蜂窝煤炉子上，架着一口黑黢黢的小铁锅，一个精瘦的爹爹在锅里翻炒红得发黑的干辣椒。

也是在许多年之后，看到一篇介绍武大"四大名嘴"之一的李工真教授的文章。文中李教授风趣地说，很多学生不知道热干面吃完后，是要加上热水，把汤底喝完的。我相信李教授记忆中的是地道的老武汉热干面，并不一定是大学食堂里的热干面，后者的热干面是真的干。地道的武汉热干面吃完后，碗底留有芝麻酱混合的清油，可以找老板从涮面的锅里要一点汤加进去，喝掉。倘若连芝麻酱都掺假，或者用花生酱顶替，又何来喝汤底一说。

出版社同事、也是我的学长雅峰兄曾说起在郑州火车站遇到的一件趣事，至少他是当作趣事来讲的。他出差去郑州组稿好多天了，返程时在郑州火车站旁的餐馆看见有热干面的招牌，便要了一碗。面烫好，眼看着老板可劲地往面里加水，他不解地问，加水干吗？老板反问道，不加水，怎么吃？

热干面加蛋酒，是很多武汉人过早的标配。若是夏天，蛋酒可以换成绿豆汤。绿豆汤盛放在一口坑坑洼洼的大铝锅里，由爹爹负责。爹爹掀开锅盖，里面漂浮着大大小小的冰块。绿豆炖得很烂，一颗颗像开了花的七里香。热干面的辣，绿豆汤的冰，让人在火烧火燎之后有了一次爽透的凉。

及至回到一江之隔的武昌，过早时看见这里那里的老板，在加好作料的热干面上，随意舀一点肉汤或牛肉汤，似乎不知有卤水一说，便蓦然想起自己确乎已在武昌，一天的精神都提不起来。

六

说到吃，读研究生时穷，吃食堂，偶尔到街边的小摊子上炒两个菜改善一下生活。若是遇到系里开学术会议，学生们帮忙做会务，接待各地的学者，跟着老师们在学校的老招待所吃一顿酒席，就是最大的享受了。

初到出版社，一帮小青年凑份子——凑份子于我也是第一次——为另一位小姑娘过生日。小姑娘姓侯，在财务室工作，个子不高，白白净净的。那一天是她的二十岁，也可能是二十一岁，总之是一个让人羡慕的年龄。一伙人从社里出发，出小巷右转，经双洞门，走过武汉第一家外资酒店天安假日酒店，到了循礼门的谢先生餐厅。餐厅的纯白底子的招牌上除了有绿色的中文店名，还有红色的英文名称“MR.Xie Restaurant & Pub”，很少见。孤陋寡闻的我从未听说过这家餐厅。小伙伴们告诉我，这是台湾人开的，老板姓谢，祖籍湖南。通常到了吃饭的点，谢老板会亲自站在门口鞠躬迎客，但那天没有出现。我们在二楼就餐，吃的什么已不记得，只记得不知是谁带了一瓶酒，五粮液，这已让我很惊讶了。更惊讶的还在后面：同伴请服务员开酒，服务员说，要收开瓶费，三十元。汉口的餐馆对自带酒水的客人收取开瓶费，那一段成了惯例，但三十元对我来说，仍然是个大数目，可以买三十碗热干面，或三十碗绿豆汤。

二〇〇三年非典期间，我随总编去武昌办事。办完事已到中餐时间，我们为是否去餐厅吃饭犹豫了很长时间，最后横下了一条心。住在汉口的同事去武昌办事，如果不是特殊原因，一般会赶回汉口吃饭。他们对武昌的餐厅酒店明显抱有偏见，而这种偏见，只有在汉口生活的人才能理解。冯总那时已调任另一家出版社当社长，新总编是从位于武昌的出版局调来的，家也在武昌。司机柳师傅——象棋特级大师柳大华是他的侄儿——把我们带到彭刘杨路上的谢先生餐厅。这是谢先生在武汉开的第三家连锁酒店。偌大的欧式风格装饰的酒店空空荡荡，盛开的应季的花朵，愈发衬托出冷冷清清的气氛。不过这倒让我们吃得很放松。

几年后偶尔在本地一家杂志上，看到对武汉餐饮业“传奇大佬”谢先生的介绍。谢先生在美国读完书，起先在耶鲁大学旁开了一家餐厅。餐厅旁是一家大型电气公司，员工们常来光顾，生意还可以。但不久遇上美国经济大萧条的冲击，那家电气公司一口气裁掉了两千人，餐厅的生意无法再做下去。不久，他邂逅来自武汉的王女士，结婚后第一胎是个男孩，第二胎是一对双胞胎男孩，这让两口子喜出望外。太太劝他回家乡武汉开店，他考察了很久，最终在一九九四年，在循礼门开了第一家店。但开业后生意并不好，连亏了好几个月，这让他很是郁闷。文中写道：“他来到浩荡的长江边，望着滔滔东流水，发现江水也不是一泻千里的，也有许多回流、阻力及漩涡，但这些都阻挡不了执着的江水坚定地欢腾地向东奔去！男人就要迎难而上啊，长江告诉我！”我读到结尾的倒装句，觉得幽默得有点过分，几乎笑出声来。我无从得知这是谢先生的自述，还是作者在非虚构中的文学想象。我也不知道，在非典期间，面对彭刘杨路上这家空荡荡的豪华餐厅，谢先生是否会到武昌的江边，让长江再一次赐予他勇气。从彭刘杨路到武昌江边，比起从循礼门到汉口江滩，要方便一些。并且，从这里走到江边，可以一睹万里长江第一桥的雄伟风姿，可以听见桥面下京广线上飞驰而过的火车的轰鸣声。

一九八四年九月到武昌读大学，恰逢国庆三十五周年，江边有焰火晚会，同学们相约去观看。那也是我人生第一次看到如此壮观、绚烂的焰火。我的同学李慧东回去后写了一篇作文，描述焰火晚会的盛况。文章结尾她写到，晚会结束人群开始散去的时候，她突然听到从长江大桥铁路桥上传来的巨大汽笛声，火车车轮铿锵有力的节奏，这让她内心充满了奋勇向前的无穷力量……写作课上老师读完这篇范文后，同样去了现场的我觉得十分惭愧，乃至有些自卑。那一堂课剩下的时间我都在努力回想，也无法确定当时是否有风驰电掣的火车驶过。但转念一想，彼时彼境，确实应该有一辆长得看不见尾巴的火车驶过，也确实应该有汽笛的长鸣震彻夜空。至于火车车头喷出的浓浓的蒸汽，也确如她所形容的那样，像一条巨龙腾空而起。如果那时我好好读一读福楼拜这位伟大的现实主义作家的作品，也许会偷来这样的句子——“火车引擎喷出的蒸汽，拉扯出一道横线，像一片巨大的鸵鸟羽毛，其尖端不断被吹走”——从而在一片可能的惊异中，赢回我可怜的自尊。

七

社里的新编辑，都有三个月的实习期。第一个月在仓库，体会仓库工人的辛苦，尤其是在武汉的酷暑天，在教材教辅铺货的高峰期，一天下来全身散架是什么滋味。当然，社里也想让新编辑了解，图书积压在仓库里一动不动是什么感觉，将来做选题时就要好好掂量掂量。第二个月在武胜路市新华书店所属的图书批发市场，也是想让新编辑了解图书市场行情，比较清闲。最后一个月在校对科，在那里我学会了编校专业的许多知识。

还在仓库实习的时候，编辑室主任杨老师和分管副总编黄老师就带着我一起出差。当时，编辑室正在组织一套中国建筑艺术的大型丛书，领衔主编的是国内两位赫赫有名的建筑学界的院士，其中一位还是双院士。建筑学学会有年会，那一年由云南大学承办，主办方特邀出版社编辑参加，商议出版事宜。那是我第一次去云南，一到昆明就感冒了，这似乎是这座白天晴朗、傍晚常常有雨的四季如春的城市送给我的礼物。

不过我要说的是返汉后的事情。那天飞机进入武汉上空后，正下着大暴雨，飞机居然正常着陆了。社里派的车接上我们，驶过机场路府河大桥时，河水已漫上公路。如果再晚一点，即使飞机正常降落，恐怕我们也无法走出天河机场。

当晚仍然大雨倾盆。第二天早晨，我冒着不见有停歇迹象的暴雨去广埠屯坐715公交，浑身湿透。车上人不多，大概都是像我这样不得不去上班的人。公交开上长江大桥后，瓢泼大雨中隐约可见浑浊的江面异常开阔，江水似乎一夜之间抬升了许多，似乎有无数台水泵在水底加压，两岸江堤上已堆上了沙袋。到了汉口利济路，前方积水过深，已无法通行。公交司机一甩方向盘，车子怒吼着冲开积水，拐进了我从没有去过的顺道街，左冲右突，似乎让人觉得只要一停下来，车子就会熄火，再也打不着。我后来在网上论坛里，看到很多描述神勇、霸蛮的武汉公交车司机的帖子，但都不如这一次让我印象深刻。至少，这位司机是尽职尽责的，他想方设法要把乘客送到目的地。但是，当车子从我完全陌生的路线不知怎么开到循礼门的青少年宫前面时，面对解放大道上的汪洋大海，司机也毫无办法，只好打开车门让乘客下车。前方，几辆三轮车师傅站在齐腰深的浑水中，正忙碌着运送路人。三轮车车厢已被水浸没，人得踮起脚站在车子两侧的座位上。这里离新育村还有两站路，即便有三轮车师傅愿意送我过去，下班出来又怎么办呢？我犹豫再三，转身返回了715。糟糕的是，不知道是不是淋了雨受了凉，我的腹中开始绞痛，要上厕所。我就这样强忍着，跟着715一路震颤着、怒吼着冲回广埠屯后，艰难地爬上被暴雨的皮鞭抽打得空无一人的桂子山，在学校汽车队旁才找到厕所，解决了腹中问题。

那是我最狼狈的一天，也是很多武汉人苦不堪言的一天。那天，出版社的住在汉口万松园的员工冒着雨蹚着水按时上班，但却无法下班回家。新育村的积水下午已到了胸口，他们在办公室里度过了难忘的一夜。

八

在循礼门的谢先生餐厅给小侯过完生日的第二年，她出事了。

小侯与几位朋友在水果湖的一幢楼房里合租了一套房。那天晚上临睡前，她想起衣服还没有收，便来到阳台上。晾衣架在阳台外，白天的风把衣服吹到了远端，小侯踮起脚来去够。阳台地面上留着晾衣服时滴下的水滴，有些湿滑，一不小心，她失去了重心，摔了下去。

同屋的朋友都已入睡，对阳台上发生的事浑然不觉。直到躺在地上的她的呻吟，惊动了一楼的住户，叫来了救护车。

从五楼摔下来的小侯全身多处骨折，脑震荡，脾脏破裂。幸运的是，她是臀部先着地。更幸运的是，她落地的地方是一块泥巴地，没有铺设地砖或水泥。

小侯进入康复期后，社里的一帮年轻人相约去中南医院看她，她的哥哥是这家医院的医生。小侯躺在单人病房里，右腿打着夹板缠着绷带，被牵引器吊在空中，她的妈妈不停地给她按摩。小侯脸色苍白，但精神很好。她不能大笑，但因为见到小伙伴们而抑制不住的笑容里，让人不能不感叹年轻的力量，年轻的美好。

小侯重新出现在我们面前时，已是一年后，出版社从新育村33号搬迁出来，入驻新办公楼，办公楼后的新宿舍楼里也有她的一套房子。只有知道在她身上发生过什么事的人，才能从她走路的姿态中，看出她的右腿有些微的异样。不了解实情的人，也许从她走路的缓慢中，看到的是某种与她年龄不相称的成熟、稳重。

小侯不久去了广东。七年后我也从青年路机场河离开了，再也没有见过她。

2017年11月12—14日
12月4日改
2018年6月5日再改
10月2日改定
武昌素俗公寓

Chinese 汉诗 Poetry

行走·三晋之旅

Whereabouts: Travel in Sanjin

林东林的诗

小 引的诗

艾 先的诗

阿 毛的诗

川 上的诗

张执浩的诗

261/288

安淨土佛陀普渡天地三界十方萬靈

编者按:

2018年11月11日至18日，张执浩、阿毛、小引、艾先、川上、林东林等《汉诗》及武汉文学院采风团一行，赴山西各地进行了采风活动。诗人们先后辗转五台山、悬空寺、永安寺、云冈石窟、雁门关、王家大院、壶口瀑布、大槐树、广胜寺、平遥等地，领略当地人文和自然景观，深入感受山西各地悠久辉煌的历史文明进程、巍峨壮观的自然地理风光。在此过程中，山西诗人韩宏、张二棍、张常美、裴雁巍、杨新儒等先后陪同。11月17日下午，采风团一行返抵太原，与张锐锋、潞潞、温建生、石头、孔令剑等20多位山西诗人在“天街小雨人文茶馆”举办了一场诗歌朗诵会，两地诗人并就诗学观念、个人创作和山西文化历史等话题进行了深度交流。

雁门关所见

进了雁门关
沿着一条上坡的石板路往里走
路两边就是低矮的民居
和非常冷清的店铺
在一间店铺前
一个男人正在打磨木刀
他面前的条凳上摆了很多把木刀
看了会儿木刀，我们
继续往里走
就到了瓮城、关楼和长城
我们爬上了长城
爬上长城的我们就看见了
塞外，以及塞内
回来的路上
再次经过那间店铺时，我们看见
那些木刀还摆在条凳上
那个打磨木刀的男人已经不见了
蹲在条凳后面打磨木刀的
换成了一个七八岁的男孩子

栗毓美

一个叫栗毓美的人在墓冢里面
我们在外面
这是十一月的一个傍晚
几分钟前我们下车
从广场走进这个景点
沿着神道走进大殿
又从大殿走进这座墓园
走到他的汉白玉墓前
绕墓冢一周
我们知道他是一个古人
一个河东河道总督
178 年前他死在巡防河堤的任上
被皇帝敕赠太子太保
谥号恭勤
最后来到他的墓碑前
我们又知道了他还是一个女人的丈夫
两个儿子的父亲，三个孙子的爷爷
以及一个曾孙子的太爷爷

在广胜寺

下雨，我们
先是在廊檐下避雨
然后进庙
绕着一座明朝的琉璃塔参观
接着进入一座大殿
从大殿出来，又进入另一座
然后是一个院子
很深
当走进最后一间大殿时
我才发现
那么大的广胜寺
来参观的只有我们七个人
也可以说
那一天，广胜寺的菩萨
只见过我们七个人

二合木厂巷

一个骑自行车的男人
从我身后
骑到我前面来了
我看到他呼出的一股白气

他的毛线毡帽
蓝布上衣
以及卡在车后座上的一捆芹菜
接着车把一拐
他就骑进前面的巷子里去了
后来我走到巷口
看到一块写着“二合木厂巷”的铝牌子
也看到了他的背影
我望了望他的背影
我发现二合木厂巷需要一个这样的背影
这是在平遥
这时候太阳刚刚升起
空气里充满了一股煤烟味

王家大院

他们已经消失了
他们那样的生活也已经消失了
此地空余遗迹、遗物
院子里挤满了四方游客
我也是其中到处张望的一员
后来我离开人群
穿过一座吊桥
走进一座院子，从那里出来
又走进另一座院子
接着走进第三座、第四座
每一座院子都是空的
每一扇屋门都上了锁
一个人走进一座空院子
就像走进了许多年前的那一幕
我在院子里呆呆地站着
我望着每一扇紧锁的屋门
我刚刚放假回来
我的父母刚刚走进田间

观壶口瀑布

我在山西，对面是陕西
它们被一条著名的大河所分开
我在河的这边望着那边
那边的人也在望着河的这边
清冷的水雾在壶口生成
隔在我们之间
在对岸的眼睛中
我们都变得小而模糊了
对岸的人也是这样
每一天都是这样
在两边互相眺望的那些人
他们都被这条著名的大河所分开
如果没有这条著名的大河
他们一样也会被分开
而如果没有这条著名的大河
他们也会像我们一样
根本就意识不到他们被分开了

从后门进庙

菩萨顶坐落在灵鹫峰上
可以从前门进
沿着一条很长很陡的台阶
也可以从后门进
把车子直接开到后门外
我们选择的是后一种
庙是跟其他地方差不多的庙
其他所见也无非如此
不能因为有雪，有鹰
有明亮的阳光而神话一座庙
从后门进，从前门出
沿着门前那条很长很陡的台阶

我们又一路走下去
一个男人拄着双拐走上来
他走走停停，在我们
快要经过他的时候
他站定了，看着我们
一小块夕阳闪闪发亮
停在他那根很细的右假肢上
我相信，那就是菩萨顶
刚才已经赋予我们的那种东西

赶鸽子的男人

鸽群在空中一圈圈盘旋
它们来自于地面
等一会儿还将返回到地面
下午四点钟的阳光
比上午十点钟的阳光明亮
一个男人站在阳光里
眯眼望着那些鸽子
他等待着它们降落下来
降落在他所置身的小广场上
啄食星星点点的鸽粮
他也将再一次张开双臂
以一种飞翔的姿势
冲向鸽群，把它们赶往天空
鸽群也将再一次受惊
疾速扇动刚刚合拢的翅膀
同时带走他飞翔的姿势
同样的动作他已经重复过三次了
他很无聊，他很幸福
而我也大约如此

一个人的山西

你去没去过山西并不重要
就算你出生在山西
也不重要
风顺着河谷吹
你低头想一想
是不是这样
风顺着河谷吹
吹过雁门关
风最后吹到比大同更远的地方

五台山

从神坛走到谷底
花了三分钟
我注意到
昨晚的雪盖住了一部分山顶
这与时间无关
也与我来不来此地没关系
雪一直下
新鲜又古典
晨雾中的炊烟断断续续
以此证明
我们艰难地开始了
最后却半途而废

在恒山

细雨仿佛悲剧从天而降。
然后变成雪
然后变成阳光
山谷里的寺庙
因此而颤抖。
细雨还将重新降临
轮回却并不一定。
山崖中的石头
被人刻上了字。

我怀疑过的事情必将再一次被怀疑。
不是你的微笑
也不是即将落下的夕阳
你在颤抖
这才是悲剧的源头。

人有时候会突然出神
把自己比喻成别的什么东西。
过一会醒来
在恒山或者不在恒山
已经不是问题。

苏三，你好

我姓王
他姓张
还有人姓艾，姓林，姓毛，姓曹
趁着大雾迷茫
我们趁早分开
孤独的人各有各的姓氏
在劳作
在分娩
在歌唱

洪洞县

忽然间天黑了
在远处，其实下雨前天就黑了

谁看见了，都不要做声
要享受泥泞，谁开口就是谁的失败

冬夜，洪洞县是一场漫长的雨
漫长的雨滴淹没记忆

那些不被允许的衰老
在山顶得到永恒

那些觉悟和渴望
必须放弃

就像此刻，我在潮湿的广胜寺外等待
苏三回来了，她并没有死

世上再无水神庙

山顶的雨就应该下在山顶
山顶上的寺庙
并不值得反复描述
当我们下山之后
雨渐渐熄灭
有人打着手电
在墙壁上摸索
光照到哪里
哪里就出现一张脸
（而你一直没有出现）
也许换个时间去山顶
会更好
寺庙中的人
喜欢眺望远方
熄灭的雨会重新燃起
你那时候出现
你经常都看不见

阳光照着永安寺

我尊重所有微妙的事物
比如黄昏时
从永安寺左边落下的阳光。
阳光来以前
永安寺是黑暗的
阳光落下来了
永安寺也没有变亮。
我和一个朋友站在门口
说起将来
看阳光慢慢落下
仿佛一件熟悉的事情
正在发生。
永安寺的墙壁上有很多人
和我们一样
靠墙站着。
那些人中应该有我认识的朋友
他们很沉默
他们也可能说过
我们刚刚说过的话。

另外一个永安寺

永安寺的墙壁上有很多人
我一个都不认识
直到转身离开
我才恍然大悟
（关于黄昏我已经无话可说）
永安寺并不需要光明
黑暗中
墙壁上的人彼此颔首
他们都有亲人
他们都是别人梦想见到的人

朔州的雪下到了大同

上一次到大同
也是冬天
我从朔州来
路过右玉
左云
同行的人说
往北，可以去张家口
过了张家口
就是内蒙古了
我在云冈石窟外抽烟
坐了很久
天气不好
树叶落光了
大同好像没有熟人
但我一直记得
那天夜晚
朔州的雪
下着下着下到了大同
下了整整一夜

致山西诸友

去显通寺
上山的路和下山的路并不相同
又去了菩萨顶和塔院寺
发现自己还在显通寺
白雪覆盖着
　庙
以及　庙下的山坡
五台山第一场雪
并没有落在黄庙顶上

在大同石窟之一

我们在每尊菩萨面前停留
看菩萨和它们身后
的壁画

有些菩萨也会看着我们
有些看起来没有看我们
而看着我们的身后

我们往身后看
并没有发现有什么特别
那些菩萨
看到了我们看不到的

在大同石窟之二

参观到尾声的时候
二棍说，前面还有一些
当地人雕塑的菩萨
为自家祈福或是雕着玩的
他觉得那些更加有趣

我也觉得那些一定更加有趣
所以，我们决定把它们
留在想象中

在大同石窟之三

在他们修葺的路面上
菩萨们一字排开

那些兴佛的、灭佛的、信佛的
都被做成了菩萨

起码来说，佛有着
一般人没有的心胸。

在雁门关之一

我猜测，雁门的来历
跟那些盘旋的鸟儿们有关

天高任鸟飞
的它们
也有过不去的关隘

在雁门关之二

十月的雁门关
已经没有多少游客

我们一行人，零散地
在石板路上走着
秋风卷旗
台阶残雪
刹那间
就有了边关的感觉

在永安寺

在浑源，我们去了永安寺
守寺的人开了庙门
引领我们徐徐前行

黑暗殿堂里的壁画
历经数百年的门檐
以及若有若无的香火

我感觉见到了
真正的寺庙该有的样子

在平遥大戏台客栈

马上就要离开客栈了
刚泡的茶水还很滚烫
我用矿泉水
兑进去，给它降温
边倒边偷笑：讲究喝茶的人
会不会因此暴跳如雷

大槐樹

六道木

壁画上的居士
眼神恍如故知

我想小住几月
听听梵音看看雪

青灯黄卷下
水墨速写神奇之人

再由六道木指引
去拜得道的高僧

我还没说出愿望
一只叫不出名的鸟

突然从六道木
飞向寺院的花盆

五台山

蓝天之上，无流云
红墙之上，有刻字

灰瓦之间，有积雪
朝拜之路，有台阶

有苦行僧，有猫狗蜘蛛
有电子眼，有无人机

求神拜佛者多
一盏明灯素食奇贵

神仙菩萨在上
吾等不敢高声语
默想众生平等

借助光
我们每个人都倚着斑驳的红墙
拍了照

悬空寺

观峭壁上的寺院
忌用不当的修残补缺、抹泥裹灰
来应对高危与悬空

此寺一千五百年来
可居安：听风雨，观日月，风餐露宿
可思危：望峰顶，俯谷底，心颤腿抖

可拍照，但不可打闪光
损毁色彩容貌
可静修，但不可论风月
破坏初心道场

恒山有寺早晚课：
此间偶有恍惚，但绝不荒芜

菩萨啊，你这峭壁上的家
是鸟巢，还是怀抱？

云冈石窟

有尊小佛在石窟里
从古笑到今

他没看到佛祖
看到了莲花

看到工匠雕出主尊
袈裟和火焰纹里的画佛

一次凿穿八厘米的间隔
一次将金色涂成红色

而帝王为繁盛
由平城迁至洛阳

未及命名的石窟
不成佛像也喜乐安详

我们是万古不朽的石佛
你们是生生不息的肉身

过雁门关

看到城墙、烽火台的铁窗
才知这世上原有这么高的囚禁

风不可随意推开铁门
而找到出口，高扬旗子

而雁却在暂栖之后
飞过损毁的战车和哑炮

游者的双脚几个时辰
可走过坚固的瓮城和关口

而关内外饭馆背靠的山体断面
都露出不名的森森白骨

——有的像利刃骇然悬于
户外的茅厕顶

汾酒来不及发酵成满足的嗝
就在脑海里变回从前的

厮杀声、汗水与血

王家大院

大炮和亭，立于城墙上
豆腐坊、书院，卧于城墙下

过回廊，于王家后院
喝酒打牌，谈笑悦己

夜色深沉，大地如棉
醉酒者找不到自家

卧于歇马石旁
待酒醒

驮王家堂前燕夜屎
如背豆腐渣回家

壶口瀑布

拍摄录像发朋友圈

写诗的主妇曰——
“像在煮开水！”

山西临汾和陕西延安的壶口
自盘古以来，就在煮开水

它哺育的音像
是黄河谣与马群

和一挂挂追着我们的
灯笼、苹果

而岩雕的大合唱
标注：

黄河在怒吼，黄河在咆哮！

广胜寺

头巾、衣衫是祈福条
衣带也是

锁孔里
寺内琉璃、藏经、壁画

神仙菩萨

画中的女子说
戏台搭给众神

飞虹塔饮霍泉水
水纳雨露日月、诵经声

倒映飞檐峭壁之下的
美术生

速写
铅色的细雨和寺文

雪后平遥

电话与单车的铃声
敲醒初雪后的门窗

送信人摇着风
走在青砖路上

县衙和票号门前
总有人靠着石狮抽烟

而风声把依着城墙的
自语扩成号啕

旅者将镜头移向马脸
和马脸上的积雪

诗人的戒尺

张执浩在平遥古城买了把戒尺
试用时，用右手打左手

在驶离平遥古城的电瓶车上
他吟诵戒尺上的道德经

路边白杨仅剩的黄金叶子
回应着诗人的抑扬顿挫

在前往太原的中巴车上
道德经未诵完，左手已经红肿

次日返汉前在太原机场
戒尺被作为利器禁止随身携带

只好跟苦荞、醋、保健品一起
打包托运

回来后，诗人关心寒冷的天气
更关心如何放置这把戒尺

五台山得句

山把头藏到它的身体里
登山的人爬不到山顶

阳光里

一盏明灯
是五台山下
一家素菜馆的名字
门前他们在拍照
他手上的烟已燃到烟嘴
可是灰烬仍凝聚着
成为一小段曲线
在阳光里

显通寺

显通寺在菩萨顶下
灰墙黑瓦像民家别院
门前的小和尚负责把门，送信
大和尚我也在电视剧里见过
他的模样很像此刻的扫地僧

鞋子

在通往菩萨顶的台阶上有人在磕长头
他把一双鞋子套在手上
他的脚上穿着另一双鞋子

从喜马拉雅到五台山磕长头究竟要走多久
导游小哥说他第一次看见他们
是在一个晴朗的早晨
他用布把手包起手上也像多了一双鞋子
他陪着他们走了一小段　到山口已近中午

影子

1

她坐在围墙边纳鞋底
围墙内的树木向墙外投下斑驳的树影

2

人群中没有人说话
他的身体已穿过门洞
他身体的影子
还留在门洞的外面

3

她们把自己包裹在赭红色的袍子里
她们贴着墙根走　走进墙边的树影里

鸽子

地藏殿门外的水泥地上共有四只鸽子
一只褐色　一只黑色　另两只灰色
它们都在啄着一把米
五爷庙前的广场上有一大群鸽子
它们也在啄着一把米

大文殊殿前的空地上立着两块石碑
一块有字且是御笔
另一块无字　它的顶上站着一只鸽子

香火

香火店的师傅说双手合十大有讲究
左手必须高于右手一指节
左手的大拇指必须压住右手的大拇指并指向掌心

向西三鞠躬
向东三鞠躬
向南三鞠躬
向北三鞠躬
每一尊菩萨都有相同的笑容

这是在早晨
五爷庙前飞得最高的是鸽子
此刻只有它可以看清五台山的全景

大槐树下

大槐树下聚着许多人
姓张的姓王的姓林的姓艾的姓毛的姓曹的
每个姓氏都可能与大槐树有关

老张最近很忙
连续好几个月我们都很少能够遇见他
他与我生于同一年同一月姓同一个张
我们交往三十年了
今天在同一个牌位下点了三炷香
磕了三个头

王是大姓　讲解员就姓王
她是山西本地人
老王一直站在她的右边
她说带点山西味道的普通话
绵中带着力道很耐听

东林在拍照
房前屋后他都能拍出特别的神情
他也进过屋子里
但我没注意他是否磕过头
他说我们这个林
很大一部分去了福建
很大一部分生活在台北

阿毛喜欢在旅途中写诗
她说小脚趾的指甲被砍一下
便会在后人的脚趾上留下印记
这个说法不可信

老曹——我们都称他曹师傅
曹师傅脚力好喜欢徒步
来大槐树却也是第一次

在大槐树下拍合影的时候
老艾说其实最应该来这里的人是槐树
槐树站在大槐树下
这情景想想都觉得有意思

呼吸

1

每个夜晚
都能听到
它们的呼吸
气息绵长的是槐树
不动声色的是樟树
柳树一直在点头
应和着起伏的湖水
楝树凝神静气

更像一个等待者
在最寒冷的时节
结出果实

2

我在树林间
也像一棵树在呼吸
站立的时候
我偶尔也会把手张开
手心相对应
在头顶

3

那天到山巅
看见一栋房子
看见两棵树
树在门的两侧
皮肤被撑开
露出气息
流动的纹理
这两棵树
都是柏树
它们呼吸的纹理
一个顺时针
一个逆时针
共同指向身后的大门
仿佛它们的呼吸
与房子的呼吸
始终连在一起

张执浩的诗

平遥的炕

我终于睡到炕上了
和传说中的一样
又大，又高
中间还放了张条形炕桌
整个晚上我都在想象
与喜欢或不喜欢的人
抵足而眠
顶头而眠
并排而卧……的模样
横竖都没有睡好
后半夜下了雪
天亮后我才知道

在大雾中

在忻口遇见了儿时见过的大雾
我们停车，在大雾中寻找
失散的人，或潜伏在身体里的那个我
山冈起伏，隐约中可以看见
脱尽了树叶的柏杨
每一棵都一模一样
每一棵都长满了眼睛
却又有眼无珠

一盏明灯

食素的人内心中有一盏明灯
当你对我说：眼前的这些
豆制的鸡鸭鱼肉
更合乎生命的本意
我几乎相信了
我原本善类却错生为人
我也几乎看见了我体内
有一片开阔的牧场
我的牛马
正在五台山下，油松林里
残雪点亮了寺院的屋顶
我拿残躯在大地上蹭来蹭去

手机里的菩萨

从云冈石窟出来
手机里多出了很多尊菩萨
在去往雁门关的路上
我一路翻看着他们的情貌
痛苦被放大了
欢乐被缩小
菩萨啊，这么多的砂岩之躯
任由岁月涂抹
这么多的残肢
依然在行走、抚摸和讲述
而我独爱最小的那一窟
他像我小时候
不谙世事
以为哭泣就能得到所求
以为欢笑就能满足所有

Fuck

張金定

中華第一關
雁门关楼

Chinese 汉诗 Poetry

霍俊明专栏

HUO JUNMING's Column

一个被“少数人”谈论的诗人

一个被“少数人”谈论的诗人

我已四十五岁了，号称诗人。一辈子的一点念想儿就是出本诗集，不能再无时间地等待下去。想到了就得做。人生太匆忙了。这会给我带来愉快……别再犹豫了，全力以赴出诗集吧！

——陈超日记2003.12.20

在陈超的人生履历和身份中，他排出了如下顺序：诗人，诗歌批评家，大学教授。无疑，陈超首先看重的是自己的诗人身份。陈超的作为诗人的一面却在阅读者那里有一个很长的延迟期：“过了许久之后，我才发现他还是个诗人，并且是一个相当出色的诗人。在某种程度上，陈超也许更愿意被人目为诗人，或者，根据区区在下的推测，他也许更愿意看重自己的诗作，更愿意成为一个诗人。”（敬文东《陈超诗歌简论》）

1

陈超是一个“双手”写作的人。他既是一个出色的诗歌批评家，又是一个优异的诗人。正如著名诗人西川对此的高度评价：“在我眼中，杰出的诗人和杰出的诗歌批评家没有高下之分。陈超既是一位杰出的诗人，同时也是一位杰出的诗歌批评家。在他身上，这两个‘杰出’也没有高下之分。而且，无论在他进行诗歌创作，还是进行诗歌批评时，这两个‘杰出’都互相借重”（西川《内行的工作》）。这种带有互补性质的写作无疑带有“问题”的重要性和“说话”的有效性，但是这种互补性的写作也只能属于那些少数的操持者。早在1993年2月25日，沈睿在给陈超的信中就表达了对其诗歌创作和评论的双重重视：“我喜欢你评论文章的话语方式——个人化和独特的语汇，这是才华所致。没有自己语汇和语调的人没有特征，因此，你的文章具有显著特征。我希望看到你的诗——我极关注你的创作与批评。只有行家才能鉴赏行家的手艺，所以，纯粹的诗歌评论反而会导向相反的方向，诗与评论互补——这毫无疑问。”陈超是这样看待自己的诗歌写作和批评的特殊关系的：“在我的诗学研究中，我时常用诗歌写作来省察我的理论文字。我发现它们常常是两极运动的，诗歌和诗学一样，往往从反思对方开始。诗歌的固执是诗歌的必要，诗学的固执也同样是诗学的必要。一首优秀的诗歌，将有可能成为新诗学的感性表达；而一个有真值的诗学表述，则有可能成为新诗歌诞生的契机。我不放弃诗歌写作的动机之一，也因我将之视为对新诗学发展的一项语言实验或至少是一项必需的训练。而不是像我的朋友们说：是诗学研究兴味索然之后的心理补偿。”（《诗学与诗歌》）

陈超的诗歌产量很低，只有300余首，主要集中于公开出版的诗集《热爱，是的》（远方出版社，2003年12月）、《陈超诗歌快递：夜烤烟草》（诗歌EMS周刊总第98期，2011年5月2日）、《陈超短诗选》（银河出版社，2012年）、《无端泪涌》（中国青年出版社2015年）以及他日记、书信里的诗作和未收入公开诗集的报刊上的诗作。补充一下，陈超当年还有机会出另一本诗集。诗人麦城拟在春风文艺出版社的“布老虎诗丛”收入陈超一本，陈超也已应允，并且在2006年年底将诗稿全部做好，但最终未果。写诗不是“天道酬勤”，需要特殊的禀赋和才能，而陈超真正做到了“少就是多”——“我已有一段时间未写诗了，我想如果有冲动、欲求，再写一首长诗。量少质精为好。”（1995.4.23）“诗歌与文论如此悬殊的比例，也体现出我对诗歌的认识：诗歌不是‘天道酬勤’，对神秘的事物我理应持神秘而茫然的态度。”（《热爱，是的·后记》）这使我们想到了一生只写过190余首诗的特朗斯特罗姆，以及只公开发表过70来首诗的荷尔德林。陈超一贯极为看重自己的诗歌，尤其喜欢听那些专业诗人的意见。伊沙的“新世纪诗典”曾在2011年7月12日和2012年3月3日分两次推送和点评了陈超的诗《暖冬》和《未来的旧录像带》。

按照陈超的设想，《生命诗学论稿》这本“关键之书”出版后他本想歇一阵子，在教书之余以闲散和教育儿子为主：“我也得放松一下，补充补充自己。除给《诗歌报》写四篇文章外，明年我的主要精力放在读书、培养孩子、备课和准备选修课教案上。明年我可能会沉稳、安静、休憩一下。也可能更忙。但无论如何，我不想再疲于奔命写文章了。”（1992.10.26夜）即使写作，也要把诗歌创作放在第一位。作为一个诗人，证明自己的有效办法就是要好好地出一本诗集：“我这一生还有一个野心，就是出一本诗集。干了一辈子诗歌，总得高兴一回吧？”“我已45岁了，号称诗人。一辈子的一点念想就是出本诗集，不能再无时间地等待下去。想到了就得做。人生太匆忙了。这会给我带来愉快。……别再犹豫了，全力以赴出诗集吧”（2003.12.20）。陈超在日记里表达最大的愿望正是出一本自己的诗集，而直至四十五岁，陈超这一愿望才得以实现。这就是《热爱，是的》（印数3000）！陈超是自筹了一部分费用才得以最终出版的。《热爱，是的》这本诗集本来是打算在作家出版社出的，当时已经联系了编辑张一玲，但最终出于各种考虑换成了内蒙古的远方出版社。而这本诗集从文字输入等各个方面，栖栖都付出了巨大的努力：“栖栖为我做了一切，这本书打印，书名，挑选，封面，累得够呛。我感谢妻子，她是最好最伟大的，我爱她。”（2004.1.14）这本诗集能够出版，陈超还要感谢当初诗人麦城（王强）以及靳亚利的动议，要不他还下不了决心出版一本自己的诗集。2004年2月14日，情人节。《热爱，是的》终于振动着翅膀飞到陈超面前来了，但是手里的四本样书在印刷上有些缺憾。这一次要力争完美，因为诗是陈超的最爱，况且又是完美主义的天蝎座。陈超又换了一个好的印刷厂，终于在3月18日这天重新印出，书更厚纸更白版型也更大。满意！（本来这本诗集陈超是要放唐晓渡的序，结果因各种原因唐晓渡没有完成）陈超在内心里一次又一次被幸福的潮水推动着，此前他出版的任何书都没有如此程度地兴高采烈“‘18’真的是幸运数字！……超其所望也！！！……让我忧虑的一切都变成了好事！我要送给一切应该送的朋友！一切的一切，多么好！我的诗人梦完全是实现了！”（2004.3.18）陈超一口气接连用了八个感叹号，正像一连串幸福的礼炮一样在欢呼声中炸响！2004年第6期《诗潮》刊登了陈超这本诗集的邮购讯息——“陈超是一位杰出的诗人，也是一位杰出的诗歌批评家。在他身上，这两个‘杰出’没有高下之分。在陈超的诗歌创作中，既有直觉的成分也有训练的成分。无论在他进行诗歌创作，还是进行诗歌批评时，这两个‘杰出’都相互借重。作为诗人的陈超同样是不可或缺的。《热爱，是的》展示的就是陈超诗人的一面。邮购地址：石家庄红旗大街 469 号河北师范大学文学院陈超收（050091），定价：21 元，汇款即寄出，免邮资。”

《热爱，是的》这本诗集的出版终于缓解了多年来陈超的一个巨大焦虑。尽管诗人境遇如此艰难，尽管这个功利的世俗社会给予诗人的尊严太少，但是诗集的出版对诗人个体来说却是头等大事：“这本集子得以出版，使我对自己前半生的诗歌有一个集中而严格的了结，我很欣慰。现在我感到了轻松，多么好啊，在今后的写作中我将邂逅新的欢乐。”“编定这本诗集，犹如看到自己心灵影像的‘回放’，风尘仆仆，低回徜徉，恍兮惚兮，水落石出。从青年时代开始写诗，至今我已四十五岁，方真正懂得了苏轼所说的‘击空明兮溯流光’。”（《热爱，是的·后记》）

陈超有着更为内在化的自我准则，这就是对自己诗人身份的极力看重：“我的最大愿望是成为杰出的诗人”（1991.6.3），“做一个伟大的诗人，是我终生的愿望。我也许失败，也许成功。这都不重要，重要的是，不放弃努力，这个过程就够了”（1991.5.28），“诗歌，我生命的粮食，我的幸福本身！”一个诗人的写作能够由自发进入到自觉阶段最为重要。从很早开始，陈超对自己诗歌局限性的认识就非常清楚、准确和深刻，所以他在不断自我检视中使得诗艺快速精进，“现在，我的主要问题是我写诗，‘心象’太直太浅。还有就是对自然这伟大的馈赠不敏感，更多是共性的物象。我决定在提高心智的同时，更加有意训练对自然物象的特殊注意、留心”。甚至在陈超看来诗歌写作对评论的刺激和裨益会更大：“我要隐忍下去。努力写作。写诗与时间有关，但又不是太直接，不像评论。把诗写好，评论自然地就会好起来。我看了欧阳江河、一禾、海子等人的评论。他们比任何专职批评家写得更好！”（1991.5.28）既然如此看重自己的诗歌，终会有回报的——念念不忘，必有回响。2004 年 1 月初，陈超因为诗歌《无端泪涌》获得了河北省文艺振兴奖的作品奖，而以前他获得的振兴奖都是因为理论评论。诗歌给陈超带来的幸福甚至远远超过了评论：“今后可能写诗不多了，有这本作品集垫底儿，一生无憾也。但每年还是应写一组，质量要高。我等着你，诗集，你快乐了！幸福的我，生活，你是公平的。”

2

2004 年 4 月 8 日这天，正在北京主持一个剪纸展览会的西川与陈超通了电话——此前没有电话的时候他们一直保持着频繁的通信交往。西川的意见当然是陈超最看重的："他收到我的诗集，认为很好。前期的诗很有力量，直扑而来。后期变化很大，但同样好，是另一种力量。有温情的东西。他举余华小说为例，前期直接写残烈，后来写内在的力量。未必直奔残烈就好。总之，这是很好的诗集，但开本太常规了。对勒口引文，他说，如知如此，就会重新写一段。没关系。我说前后期写作，与我身体状态有关，有点儿写不动，故松弛。他说，谁能写动？一样的。"王家新在读完诗集之后也与陈超通话——他们同样是多年来一直保持着书信联系，认为陈超的这些诗有着内在的修养，已经达到了高水准："不是随意，而是成熟。他们不存在前后期孰更好，都很好。他说，我的诗对他有震动，比其他人的诗能读下去。"（2004.6.7）耿占春则认为这是他今年读到的最好的诗集。在2004年6月下旬的《新诗界》国际诗歌奖颁奖和论坛上，王小妮对陈超说，他的诗变化很大，尤其是书名《热爱，是的》太棒啦，装帧也不错。

但是，诗歌界普遍关注和倚重陈超作为杰出诗论家的一面，而这种"高拔"也造成了对他诗歌写作长期的遮蔽与忽视。"陈超展现出了卓越的诗歌才华。事实上，我早在20年前就读过陈超老师的诗歌，比如组诗《我看见转世的桃花五种》和长诗《博物馆或火焰》，印象非常深刻。他善于运用长句，字里行间有一种火焰般的热切和岩石般的恢宏。《博物馆或火焰》这样的作品，放在'知识分子写作'的代表作品里，也是毫无愧色的。以这些诗歌的质量看，他完全可以跻身中国一流诗人的行列，只是他在诗歌批评领域的影响太大了，掩盖住了诗名。"（刘春《他以才华超越时代》）或者说，在很多诗歌界的从业者那里看来陈超的"生命诗学""文本细读"以及综合性的诗歌批评比其诗歌更重要。对于陈超的诗人身份来说，批评家的身份甚至形成了一个强大的阴影和消磁器。而就我所知，很多年来只有极少数的几个"内行"谈及过陈超的诗歌写作（我是说在深刻和准确的程度上），如西川、于坚、韩东、欧阳江河、王家新、唐晓渡、周伦佑、梁晓明、沈苇、伊沙、臧棣、刘翔、敬文东、刘春等。在陈超辞世之后，唐晓渡回忆了当年第一次读到陈超诗歌时的那种震惊的感受："他要是不写诗，那才怪呢。尽管如此，真读到陈超的诗时我还是感到了惊讶——不是惊讶于它们出自何人之手，而是惊讶于它们出色的程度。"足以幸运的是这些"少数人"是真正的行家和挑剔的读者，甚至有的被陈超引为知音，"你的那首'博物馆'真的很不错，反正，我很喜欢"（1993年6月3日韩东给陈超的信）。

远在西昌小城的周伦佑，是最早阅读到陈超诗作并认识到其重要性的知音，"出来后读到你的'桃花转世五种'感受极强烈，极深入！从前不知道你能写诗，而且写诗这样棒！特向你约稿。请将你同等意味的金属之声、力度之作寄十首左右给我（桃花转世这首我也将选入）"（1992年4月8日周伦佑给陈超的信）、"诗稿收读了，真（正）是我期待中的诗，《空无与真实》是一首杰作，这几年少有的。已经连《转世的桃花》一齐五首编入。会慎重排印的。放心。如果你再写十首《空无与真实》这样的东西，所有专业化的一流诗人都将无地自容。这次非戏言！我对你的诗的意见，绝非无原则的‘互相吹捧’，而是严肃的评价。按我目前的标准，真正的好诗必须是直接深入，且包含某种尖锐之必须的。尖锐并不必然导向政治——而是与某种存在的环境相关。你的诗是符合我这个要求的。”（1992年4月28日周伦佑给陈超的信）因为民刊《北回归线》，陈超和在杭州的梁晓明以及刘翔联系较多——那一时期他们互相之间经常写长长的信，“书被莫显英借去，她要在文章中大量征引你的观点，并把你的诗列为最好的一类（思？哲理乌托邦？或精神乌托邦？）我和她的观点一致，觉得越靠前的越好，靠前的大都是近作，说明你越写越有力，越来越成熟。”（1995年8月28日刘翔给陈超的信）后来，刘翔在论述陈超的专论中又再次高度评价了他的诗“陈超作为当代少数几个优秀的诗歌批评家之一是比较得到公认的，可是，作为一位诗人，他也是不容忽视的。在我的心目中，他首先是一位很优秀的诗人，其次才是评论家，而他的许多理论文章（《从生命源始到天空的旅程》《深入当代》《精神大势》《思即诗》）充满诗意，只有一位真正的诗人才能写出如此才气逼人的文章”（《陈超——“乌托邦最后的留守者”》）。好的诗是可以穿透时空的，远在新疆的沈苇读到陈超的诗集后非常激动，连夜回了一封长信：“以前读过的几首印象深刻的诗现在仍觉得很棒，如《博物馆或火焰》等。但如此系统读兄的诗有了更全面的体验，初步印象可能是不成熟的，还需进一步消化。我认为第一辑是‘雄辩’，智性，尖锐的批判力，我称之为一种‘风骨’；第二辑是‘记忆’，个人体验与切肤的疼痛感；第三辑是‘反讽’，读来痛快、过瘾；第四辑是‘亲切’，也是明净，代表你身上安宁和放松的部分，使我想起苏东坡、陶渊明，一种寄情山水的古典回音。这些诗是语言的多棱镜。兄写出令人惊叹的多种类型的诗，并非语言的恶魔术和花招，而是一种综合能力，是心灵与才华的广度，因而有了表达的诸多可能。一位书斋里的‘老派人物’（忧愤的古典主义者），他的视野如此开阔，令人钦佩。读你的诗我想起你的诗句：‘你的躯体如此细薄，可心儿却在砺石中奔跑。’这是你自身的最好写照。”（2000年4月17日沈苇给陈超的信）

经过天生的语言“直觉”和多年的写作“训练”，在人生和写作的双重淬炼中陈超终于在八九十年代之交的历史语境下迎来了诗歌写作的高峰期。这一凛凛雪原般的峰期的到来却是以持续性的撕扯、眩晕、阵痛、战栗、惊悸以及死亡的想象与精神重生换来的。这使我想到当时陆忆敏说的一句话：“即使在涉及死亡问题的时候，我也并不处于消沉之中。”这样的诗既是高蹈的又是及物的，既是面向整体的时代精神大势又是垂心自我渊薮的浩叹。在陈超这里，个人经验的公开化与公共经验的个人化能够很好地揭示出来。陈超的诗歌中不断燃起一场场死亡和重生的大火，当然随之也布满了灰烬和寒冷。

一个诗人必须具备躬身自省的能力，必须具备对时代和现实的个人化的历史想象力和求真意志。1990 年春天，陈超对自己的诗歌写作也包括对当时落潮的先锋诗歌有过极其深入的检视和反省："在我诗歌艺术朝圣的道路上，曾留下许多轻描淡写的足印。如今想来，往日的迷梦是那么长久地羁留住我年轻的、颓废的、恬然自得的心。望着自己在一个时期写作的诗篇，它们像幽深死寂的东方庭院，那么宽和、绮丽，那么空虚。是的，那时我涉世未深，种族的血液暗中支配我，使我的审美情趣天然地朝着空灵静寂、萧然淡薄的士大夫气格打开。我将诗歌视作吟风弄月以调节心理平衡的迷香，即使其中保有一丝啸傲山林的狂悖，也是基于对现实生存的回避而发。渐渐地，我的阅历和生命体验告诉我，这种所谓物我合一的状态，这种幽寂清远的语境，并不能给现代诗带来任何意义上的伸展，哪怕仅仅是激活它有力而持久的形式。难道我们写作是为了修炼成一个隐逸者、山林居士或蔑视生存的狂生吗？"（《精神大势》）正是源自于此，"深入当代"不仅成为陈超个人写作的转变，而且也成了一个时代的精神宏旨。陈超就是这样在一个个夜晚中于诗歌中安身立命，甚至完成室内的"案头剧"。

回到陈超作为诗人的一面，多年来被忽略的这种状况只是在近年才有所转变。

以前陈超的诗歌更多是发表于《非非》《北回归线》等民刊，当《诗神》《诗刊》《人民文学》《诗歌报月刊》《作家》《山花》《星星》等报刊纷纷刊载陈超的诗作——还获得过《作家》年度诗歌奖，陈超也推出自己从多年的诗作中精选出的诗集《热爱，是的》，这时的诗歌界才猛然醒悟，才形成了一种共识，原来陈超作为诗人的一面同样不逊色于他的诗论。

有一段时间陈超很少在刊物发表文章，转而开始将大部分精力投入到诗歌写作当中，这也是一个诗人的内在诉求。那些本真的、锐利的、阵痛的体验和精神诉求可以在诗歌这种特殊的话语空间找到对应："于是，我就开始写诗。不知你是否看过我的诗？我自认为它们很棒。至少是结实、明确。我讨厌现在流行的那些暧昧而空洞的诗。我已发表了十七首诗。朋友们都说比我的文章好。这使我悲哀又欣慰。"（1991.11.1）显然，并不是像一些朋友所认为的陈超这一时期的诗比文章好，它们具有同等的重要性，它们之间相互打开又彼此照亮。从 20 世纪 80 年代初开始的三十多年的时间里陈超非常看重自己"诗人"的一面，诗歌写作成为一种近乎宿命的抚慰，尤其是在寒冷、孤独、阵痛的日子里成为自我的劝慰。诗歌写作成了一种近乎无法言说的快乐。而陈超将自己真正意义上的诗歌写作起点定为 1987 年："我指的是由自发的写作转向自觉的写作。

从此时起，我的诗歌理论也开始暗暗转型。在我看来，优秀的诗歌写作，应当持有健全的智慧，具备发现和创造语言内在全部复杂因素的意识；对传统和今天，占有整体包容和超越的平衡能力。它充满现实生存的感受，但它比生存更重要，作为一种本体的特殊的知识，它不是复制和评价生存，而是通过语言建立另一个可能存在的世界。在这里，文化历史层面，现实经验层面，潜意识层面，唯形式本体层面等等，得到了深刻的综合处理。它不观察它洞察，它不回答它重新提出问题。它不追摹事件，它自身成为一个事件。优秀的诗歌，不是行云流水式的迅速下滑，它必须涉及自身内部的互否、抵抗、分裂和相对，它的每一个文字，都使读者充满警惕。在几种不同向度拉开的场中，它承受范式读者反复进入的压力。诗的本质不属于其中任何个别的成分，它必须具有坚卓的结构，逃离诗人自我中心的态度，成为有机的自足空间。”（《诗神》1990 年第 8 期）这几乎包括了陈超一生的诗歌见地和诗学观念。1987 年，除了是陈超诗歌写作个人史上的重要节点，这一年还对陈超的历史意识发生了巨大的冲击，这就是波普尔的《历史决定论的贫困》。这对他此后提出“个人化的历史想象力”“求真意志”“噬心经验”具有重要启发：“这本书对我的世界观的改变是致命的，就像小说《一九八四》和《动物农庄》对我的致命性影响一样。即使这样，现在反过头来想，在我的思维惯性里边，依然有历史决定论的影子，这就是一种理想主义的东西。我的价值判断就是经验性的写作要高于理想主义的写作，因为它不再把历史看作前进、进步、直线的东西了，而是容留了很多证伪的、猜测性反驳性的东西，容留了矛盾性、复杂性。这种内心的迟疑更成熟，更实事求是，更不自恋。”（《回望 80 年代：诗歌精神的来路和去向》）陈超后期诗歌的容留性和吸纳能力越来越突出，这也是他一向反对权力主义者的非此即彼的诗歌观念的结果。

3

陈超曾认为写作就是重抵精神的荒原。这种精神生活和相应的体验方式既与其精神高标以及极高的自我要求和约束有关，更与 20 世纪八九十年代整个诗歌的精神转捩有血肉联系，“血液被狂风吹空”“灵魂被你的叶片刨得雪亮”。这是另一种意义上的“诗歌烈士”与壮烈风景。正因如此，死亡、冷彻、惊悸、阵痛和撕裂一次次出现在他这一时期的诗歌中。在历史记忆、生存现场、生活细节的反复擦亮、商忖、自问与盘诘中他迎来了一次次词语的猝然降临，“在广阔的伤痛中拼命高蹈”。陈超多年来欣喜于这种猝然一击的诗歌方式。在他看来诗歌是精准、有力的与时间对称的手艺。正因如此，他能够面对时光沙漏的阵微细响，也能面对一个时代雪峰崩塌的寒冷与惊悸。

一个黄昏，在青岛海滨。日渐污染的海滩隐没了教堂的钟声和十字架。陈超望着远处的哥特式教堂、风车，突然涌出热泪。一个时代就这样结束了……“充满活力的八十年代已像虚幻的寓言”。在那一刻，物理学上的风车已经成为精神意义上十字架的隐喻。一个突然断裂的时代和精神之痛使得诗人突然涌出热泪。血液、风车、十字架、教堂、天空、星光显然形成了诗人高迥情怀的对应之物。他在那一时期的诗歌中所坚持的就是一个“精神留守者”“在广阔的伤痛中拼命高蹈”，“有些诗人找到的是精神避难的伊甸园，另一些诗人却寻找另一种更危险的精神家乡。前者以安恬为终的，后者以历险为终的。前者自恋，后者自焚。我热爱那些历险的诗人。说到底，精神的家园除去我们自身地火般的挣扎过程外，能到哪里寻找呢？”（《思乡病》）这既是现代诗的“思乡病”的基本母题，也是先锋诗在20世纪八九十年代所经历的精神炼狱般的寓言。

在陈超早期的诗歌写作中他有一种对“圣词”的近于“纯诗”般的渴慕与追赴。20世纪80年代的古典农耕庆典和理想主义的最后晚照同样没有错过他疲竭而又满布激情的面影。这种写作向度甚至延续到他20世纪90年代初期的诗歌中。陈超的诗歌写作有着相当强烈的个人性的形而上的高蹈和沉重的一面，因为一个时代强行结束了，另一个时代强行开始了。一切都如被强行颠倒过来的望远镜，曾经熟悉的一切变得如此遥远而模糊。这一时期的诗歌是自叹的、吟述的、流连的、悲鸣的、舒缓的，在紧张的“楔入”与绷紧的语词中蕴有个人理想的乌托邦。这是一种精神成人的仪式，如《青铜墓地》《我看见转世的桃花五种》《风车》《博物馆或火焰》《艺徒或与火焰赛跑者之歌》等这一精神类型的诗。这些高蹈而紧张的文本携带着词语的历险以及个人精神的淬炼，携带着勘问命运和当代噬心主题的强大的心理势能和语言冲击力，“语言硬度较强，带有强烈的主观色彩，甚至把语言推上高速地带，创作无疑成了精神和话语的历险。因此，在这种语境下，陈超的诗在深沉的思想力量之外，常常带有荡气回肠的感染力”（大解《我眼里的陈超》）。

这是历险的精神头颅探入烈焰的自焚——

紧跟着到来的就是老式的事物。
我，书呆子，一个生活节制者
被时代裁成两半。多余的部分。
我把脑袋伸进昔日的火焰
不会被书卷烧成灰

在时代的转捩点上这是一个被时代强行锯开“裁成两半”的诗人。他必须经受时代烈火的焚烧，忍受灰烬的冰冷。火焰、灰烬、血液、头颅、死亡、骨头、泪水、心脏、乌托邦在这一特殊情势下的诗歌中反复现身。这一体验和想象在《我看见转世的桃花五种》中得以最为淋漓尽致地凸显。这是一首直接参与和见证了一个时代死亡和重生之诗。当那么多的死亡的风暴、血液的流淌、内心的撕裂与转世重生的脆弱桃花一同呈现的时候，高蹈、义愤、沉痛、悲鸣的内心必须在历史语境和个人精神中还原。陈超在20世纪八九十年代之交完成的《风车》《空无与真实》《我看见转世的桃花五种》《青铜墓地》《博物馆或火焰》《艺徒与火焰赛跑者之歌》《回击死亡的阅读》是见证之诗、生命之诗、寓言之诗！它们代表性地呈现出当代诗歌在这一时期几乎是“一夜之间”发出的“绷断”、突变和暴烈转换。似乎每个人都变成了“另一个人”。这就是布罗茨基所说的诗歌的记忆的力量。不只是陈超，整整一代人的生活和写作都被迫发生改变，而必须有人站出来写出见证之诗。陈超感受到一代人曾经的热望和理想是如此地脆弱，像桃花一样一夜之间被冷风寒雨吹落枝头：“桃花刚刚整理好衣冠，就面临了死亡。/四月的歌手，血液如此浅淡。/但桃花的骨骼比泥淖高一些，/它死过之后，就不会再死。/东方的隐喻。这是预料之中的事。/年轻，孤傲，无辜地倒下。/干净的青春，在死亡中铺成风暴。”（《我看见转世的桃花五种》）陈超深知这些理想主义的桃花会愿意再次死去，尽管坠落的过程中会粉身碎骨。这一时期诗歌中的陈超是一个低沉的哀痛者和献祭者。

如果说陈超早期的诗作还带有一定自我封闭或过多是纸上交流对话的“彩镶玻璃”的话，那么20世纪90年代之后陈超的诗歌则是“透明而尖锐的玻璃”，既是敞开的介入也是不容退缩的争辩和盘诘，是更为冷静也更为晴彻的纯正与自足。在复杂情境空前纠结冲撞的时代，“黄金，火焰，光芒，粮食，磨坊，玫瑰”等“老套”的单一视镜的古典浪漫词汇和象征体系已经失效，已经很难再承担和包容当代中国诗人复杂的经验，已很难完成对词语、事物和社会现场原声的发现和命名。在陈超这里诗歌不是简单的对“圣词”的赞咏和乌托邦的理想憧憬，也不单是简单的修辞练习，不是“美文修辞手艺”或“蒙昧式的‘口号’”。确然，现代诗的活力和有效性以及难度不仅是一个写作技艺问题，而且涉及诗人对材料的敏识，对求真意志的坚持，对诗歌包容力的自觉。对于20世纪八九十年代的中国诗人而言，写出玫瑰、火焰、天堂、教堂、升阶书、圣杯等“大词”“圣词”并非难事，关键在于诗人对本土语境、当下和现场的有效揭示和命名能力——一种还原和包容生存和经验的现场感的努力与勇气，“我读不到与我们这块国土，与我们的日子休戚相关的情境和细节，也读不到你的生活和心跳，你的欣悦和枯燥。你的诗像前期法国诗，现在又像美国诗，一个瓦雷里变成了阿什伯瑞”“你的这些诗，太洋气了。让我挑出一些词——只挑扎我眼的——看看你的趣味（但愿我不是统计学的滥用）：脱脂牛奶、麦片粥、苹果派、杜松子酒、旅行支票、万圣节、海格利斯、圣水盆……还不算那些‘不扎眼’的洋词儿以及你诗歌语境的洋味儿。我去过你那儿住，也看过你工作的地方，我相信你的城市这几年发展很冲但还没有猛到这种地步。为什么不能写写你用来放翻我的‘花雕’？写写我返石那天早晨一场暴雨阻断了排水不畅的著名马路？写写你的老‘永久’自行车被我压瘪（你却写什么“灰狗汽车的后视镜”之类）？总之，这些诗感动不了我，它和我无关呵，也和你无关。”（陈超《写写我们的生活——致诗友信》）希尼在《舌头的管辖》中说：“在沙地上画字就如同写诗，是与红尘俗世的疏离，但又不是逃避。”诗是个体主体性与语言、生存的交锋、涉险，任何优异的诗人都不可能离弃时代而自作高歌，诗不可避免地要介入时代和当下，用诗人自己的“来自良知的共和国”和“粗暴的公共世界”进行较量。在此意义上持有个我话语谱系并完成对当代经验的有效命名和深入开掘是诗人的“首要信仰”和“特殊知识”，诗歌要成为容留的诗、张力的诗。20 世纪 90 年代之后，其创作也由前期的高蹈知识型写作更多转向了对当下情境的关注和深入，体现了处理日常经验和身边题材的优异能力，如获得“2000 年《作家》诗歌奖”的组诗《交谈》以及《未来的旧录像带》《秋日郊外散步》《与西西逆风骑车经过玉米田》《安静的上午》《早餐》等诗在保持一以贯之的形而上的追问的同时，更多地关注生活和经验的日常细部和细密的纹理，从而在一种冷静、沉思、客观的调子中容留和维持了“诗不应当说明什么，而它本身就是”的内在真义，“与他早期作品的挥霍才情明显不同，在这类作品中，他有着很强的截取生活以及叙事的能力，在取材上非常经济，叙述准确而生动，绝少有浪费的地方。从他的这类作品中，我们看到了身体的陈超和精神的陈超同时出现，游走于具体的开放的时空里。这时反而使人产生了似是而非的幻觉，让我们突然意识到，那些熟视无睹的事物，那些一直就在我们身边却被人们忽略甚至遗忘的事物，正是诗意之所在。”（大解《诗人陈超》）在时间的指针悄然地掠过时，诗人擦拭和点亮了那个温暖萦怀的旧式灯盏。词语的自足、内心的凝视、想象的舒展、细节的纹理、经验的回视、探问的姿态，这都成为对时光和历史的有效挽留。这种立足现场、反观过往、遥视未来的综合性视域体现在陈超的一系列诗作中。这是时间之诗，是风暴过后短暂宁息的平静和澄明。素描式的生活片段、具有个人经验和普世性的日常细节和场景常常具有更为澄澈和温暖的精神向度和牵引力量。干净、温暖、幽默、反讽的背后仍然携带专属于陈超的沉暗和紧张，越是如此，这些温暖萦怀的一面就越是难得而令人铭记。陈超的诗歌无疑具有这种强大的记忆能力和情感容量，他不断翻检出已经有些发黄、变脆的旧日胶片，不断地冲洗、显影和定格。

在 1995 年以后的诗歌书写中，陈超的诗保持了对知性与感性、吟咏与陈述、内心与现场、记忆与当下、独白与盘诘、紧张与调侃融合和包容的能力和活力。在这些回到日常生活现场和存在细节的观照与注视中，在干净、朴素、精准的语言中，他将记忆的温情苦涩与现实的烦琐和沉暗融合起来并予以适度地提升。陈超一直强调的就是诗歌对“当代经验”的处理能力，一直关注于“精神成年”与及物性场域的关联，一直倾心于对噬心命题的持续发现。而这样向度的诗歌写作就不能不具有精神的难度、修辞的难度以及个人化历史想象力的难度。社会的回音壁和内心的城堡二者之间应该有一个共时性的结构。陈超就没有断然割裂“理想主义者”“自我意识”与“经验论者”“生活和事物纹理”之间的合法性内在关联，而是试图以容留的姿态予以整合和重构。这种容留性的诗歌写作在一定程度上会消除诗歌的偏执特征。

图书在版编目（C I P）数据

汉诗·我的身体里住着柔软的动物 / 张执浩主编
. -- 武汉 : 长江文艺出版社, 2019.2
ISBN 978-7-5354-7534-3

Ⅰ. ①汉… Ⅱ. ①张… Ⅲ. ①诗集－中国－当代
Ⅳ. ①I227

中国版本图书馆CIP数据核字（2019）第016633号

责任编辑：谈　骁　　　　责任校对：陈　琪
封面设计：祁泽娟　　　　责任印制：邱　莉　王光兴

出版：长江出版传媒　长江文艺出版社
地址：武汉市雄楚大街268号　　邮编：430070
发行：长江文艺出版社
电话：027—87679360
http://www.cjlap.com
印刷：武汉新鸿业印务有限公司

开本：720毫米×1020毫米　1/16　印张：19.25
版次：2019年2月第1版　2019年2月第1次印刷
行数：8660行

定价：36.00元